史上最簡單易懂的國語文法書

中文基礎文法

（下）

黃筱媛　主編

擎天生活新知股份有限公司出版

編者介紹

黃筱媛 老師

擎天優質學習館 副總經理
超過 20 年的個人生活改善顧問
快樂之道專業推廣講師
公民人權協會 台中區公益大使
美國洛杉磯國際名人中心資優結業生
專精於學習、溝通、親子、自我成長等領域
曾赴澳洲、美國進修現代心靈科學、教育諮詢

中文基礎文法（下冊）目錄

第七單元

【前言】

人們談話時的**主題**大都跟三件事有關：

1. 實體的東西

2. 某事物的作用

3. 某事物的性質或狀態。

但是一個詞一次只能描述一個**主題**，所以，

1. 用來表示實體的，是**實體詞**，就是名詞、代名詞。

2. 用來表示作用的，是**述說詞**，就是動詞。

3. 用來表示性態的，是**修飾詞**，就是形容詞、副詞。

使用這五種詞就可以組成一個有完整思想的單句。但是如果思想再複雜一點，牽涉的方面再廣一點，就需要使用一種聯絡或媒介的詞來做為句子中的關節（用來表明各詞、各語句之間的關係），這就是「關係詞」（即介詞、連詞）。在第七單元我們會先介紹「介詞」。

容易誤解的詞已經在下方提供常用及適用的定義。如果你無法輕易說出定義，沒關係，只要把該定義弄懂，就可以繼續往下了。

【為什麼需要弄懂九大詞類？】

在遙遠的地方有一個城市，整座城市只有九家店。這九家店賣的東西都不一樣。但是生活在這座城市所需要的任何東西，都一定可以在這九家店中買到。

每一個打算住在這個城市裡的人，安頓後的第一件事就是先弄清楚哪一家店賣哪一類的東西？因為這樣可以確保在這座城市生活得很順利。

這個小故事用來譬喻語言中的九大詞類。只要你弄懂每一種詞類的功能，你可以使用你的語言來表達任何想法，或聽懂別人想說的話。

讓我們再次複習文法的意思：

【文法】：

詞與詞之間排列組合的規則稱為文法。人們同意使用這些規則，使詞與詞的結合能達成有意義的交流。

文法是集詞成句、集句成篇的組合方法。把許多「詞」用正確的方式結合成一句話說出來，或寫出來；或是把許多「句」結合成一段談話或一篇文章發表出來。這種組合的規則，使人與人之間能傳遞想法並且表達情感。這就是文法的功用。

【什麼是關係詞？】

　　「關係詞」是一種聯絡或媒介的詞，做為句子中的關節，來表明各詞或各語句之間的關係。關係詞分成**介詞**和**連詞**兩種。

介詞：用來介紹「名詞」或「代名詞」給述語，以表示**時間**、**地位**、**方法**、**原因**等種種關係的詞。

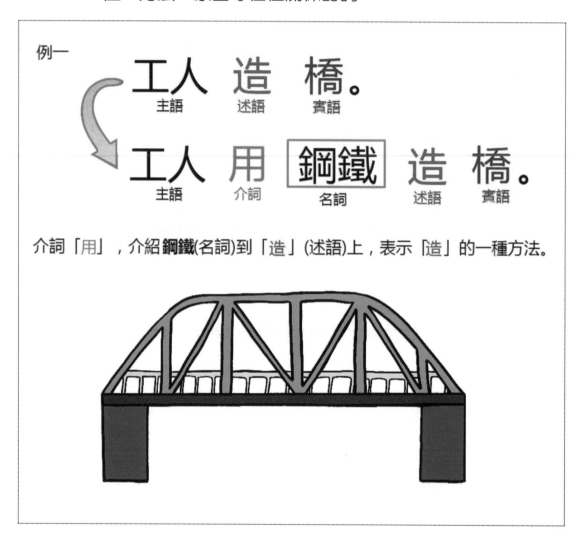

例一

工人　造　橋。
主語　述語　賓語

工人　用　鋼鐵　造　橋。
主語　介詞　名詞　述語　賓語

介詞「用」，介紹**鋼鐵**(名詞)到「造」(述語)上，表示「造」的一種方法。

例二

太陽　出來。
主語　　述語

太陽　從　東方　出來。
主語　介詞　名詞　　述語

介詞「從」，介紹**東方**(名詞)到述語上，表示「出來」的一種地位關係。

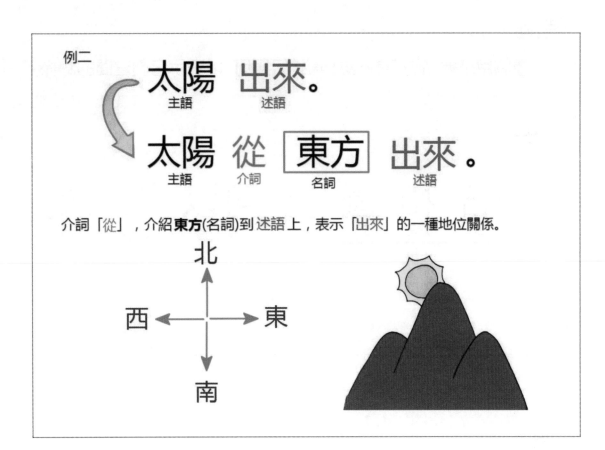

例三

媽媽　白了　頭髮。
主語　述語

媽媽　為　兒子　白了　頭髮。
主語　介詞　名詞　　述語　　賓語

介詞「為」，表示行為的動機，為誰而動；為**兒子**白了頭髮。

連詞

連詞用來連結詞與詞，語與語，句與句，以表示它們之間的關係。

例一

石 和 鐵 都 可以 造 橋。
詞　連詞　詞　　副詞　　助動詞　述語　賓語
　　主語

例二

天 已經 亮 了 ， 太陽 還沒有 出來 。
主語　副詞　述語　　　主語　　副詞　　　述語
　　　句子　　　　　　　　　　句子

使用 連詞 把上面這兩個句子連結起來

雖然 天已經亮了 ， 可是 太陽還沒有出來 。
連詞　　　句子　　　　連詞　　　　句子

瞭解詞類的區分，就能了解句子要傳達的意思。瞭解句子的含意之後，當然就達到傳遞想法，互相溝通的功能。

介詞

【何謂介詞？】

　　介詞也稱為介系詞、介繫詞。凡是介紹「名詞」或「代名詞」或「語」、「句」，和其他詞、語、句發生關係的詞，都叫介詞。簡單地說，介繫詞、語、句的關係的詞，叫介詞。

　　介詞最單純的用法，就是把實體詞**介紹**給「*述語*」，把用來表示**時間**、**地位**、**方法**、**原因**和**動機**的實體詞介紹出來。

　　根據所介紹的事物本身的意義，可分為四大類：

第一類、時地介詞

第二類、原因介詞

第三類、方法介詞

第四類、領攝介詞

在用法上，第一、二、三類都放在所介紹的詞前面，所以叫做「前置的介詞」。

句子的基本成分是： 主語 ＋ 述語

句子加了介詞之後：

例 太陽 從 **東方** 出來。
主語　介詞　名詞　述語

例 媽媽 為 **兒子** 白了 頭髮。
主語　介詞　名詞　述語　賓語

例 樹葉 在 **冬天** 凋零。
主語　介詞　名詞　述語

例 行人 靠 **右邊** 走。
主語　介詞　名詞　述語

【從】ㄘㄨㄥˊ：
1. 向來。例他非常節儉，從不亂花用。
2. 自、由、循。例從今以後、從寬辦理

第一類、時地介詞：

定義說明→*介紹*表**時間**或**地理位置**的***實體詞***給述語。

如例①②③。

例 ① 樹葉 在 **冬天** 凋零。
主語　介詞　名詞　述語

例 ② 我 從 **高雄** 來。
主語　介詞　名詞　述語

例 ③ 行人 靠 **右邊** 走。
主語　介詞　名詞　述語

重點→ 你有注意到嗎？介詞的用法有一個基本規則，介紹**實體詞**給述語；所以介詞之後有**名詞**（或代名詞），然後有述語。

　　時地介詞是屬於「前置的介詞」，就是介詞置於**所介紹的實體詞**之前。可分成五個部分：

(1) **介所在** （介紹所在的位置）

(2) **介所從** （介紹從哪裡）

(3) **介所經** （介紹經過什麼）

(4) **介所向** （介紹方向）

(5) **介所到** （介紹所到的位置）

注意！

　　為了要表示**地位**或**時間**的範圍，所介紹的**名詞**後面常帶有一個表示**方位**的詞，如上、下、前、後、內、裡（裡面、裡頭）、外、旁邊等，用來與介詞「在」相應。如

例 樹葉 在 **冬天** 凋零。
　　主語　介詞　名詞　述語

例 樹葉 在 **冬天裡** 凋零。
　　主語　介詞　名詞　名詞　述語

例 妹妹 在 **樓上** 睡覺。
　　主語　介詞　名詞　名詞　述語

例 媽媽 在 **廚房裡** 忙。
　　主語　介詞　名詞　名詞　述語

　　只要名詞帶著方位詞，可以直接當作「複合名詞」看待，如：樓上、路東、「早上」、「午前」、黃昏後、晚間、花園裏、世界上、「世間」……等。（在「　」內已經被固定為複合名詞。這些複合名詞，現在可以看成單個名詞，不用拆開來看。）

【時地介詞】（1）介所在 （介紹所在的位置）

與特定的**範圍**有固定或接觸的關係。

用法說明→這個單元中的例句，介詞用紅色字體，述語用藍色字體，
實體詞用斜體粗黑字體。

在（於）、當

例 魚*在水中*游泳。

例 滿屋子的孩子們，有的站*在椅子*上，有的躺*在地板*上，有的
躲*在書架*後，有的蹲*在書桌*下。

例 一群孩子*在地板*趴著。

例 世界*在一瞬間*明亮。

例 全校的運動員，都*在操場*聽號令。

例 我*當民國四年*的時候，就來到了北平。（介紹時間）

例 這條法律*於民國一百年十月九日*公布。

例 一個巡警*當街*站著。

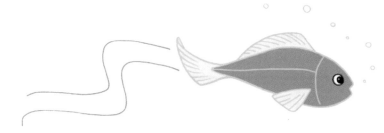

魚 在 水中 游泳。
主語　介詞　名詞　　述語

【於】ㄩˊ：
1. 相當於「在」，表示地點、時間。例 生於戰亂、處於困境
2. 相當於「給」、「與」，引進施事對象。例 嫁禍於人
3. 相當於「向」，表示趨向。例 求助於人
4. 相當於「對」、「對於」，表示動作對象。例 無濟於事

【當】ㄉㄤ：指時間、位置正處於某點。例 當時、當場、當日

他 躺。
主語　述語

他 在 草地上 躺。
主語　介詞　　名詞　　述語

他 在 床上 躺。
主語　介詞　名詞　述語

【介詞「在」字的特別說明】

一、凡動作的狀態是靜止、固著的動詞，如「休息」、「坐」、「站」、「掉」、「睡」、「死」等，若用介詞「**在**」字來介紹出「地位」，「**在**」字可附加在動詞前，也可附加在動詞後。如：

例 我 **在** 椅子上 坐著 。
　　　介詞　　　　　動詞

也可以寫成：

例 我 坐 **在** 椅子上 。
　　　動詞　介詞

二、凡是表流動、連續的內動詞，如「飛」、「走」、「跑」等，若用「**在**」字來介紹出這種動作的地位範圍，「**在**」字附加在動詞前面，而不是動詞後面。例如：

例 他們 **在** 籃球場上 跑 。
　　　　介詞　　　　　動詞

例 一隻麻雀 **在** 天上 飛 。
　　　　　介詞　　動詞

若附在動詞(述語)後，寫成：

例 一隻麻雀 飛 **在** 電線桿上 。
　　　　　動詞　介詞

那麼此「**在**」字就和「到」同義，用來介紹動詞到達的地點。

三、除了詩歌或是新的翻譯著作，習慣上不寫成：

例 他們 跑 **在** 籃球場上 。
　　　　動詞　介詞

【關於「介所在」的更多說明】

「在」字所介紹的詞，有時只指明「**動詞所關係的範圍**」，不一定是**時間**或**地位**的詞。

例 這件事，在*我們*不算什麼，在*他*卻是個很難解決的問題。（介紹人：我們、他）

例 你所說的情況，在*理論上*固然很圓滿，在*事實上*恐怕一時還不能實現。（介紹*事物*：理論上、事實上，常省略介詞)）

例 我就毀在*讀了這幾句死書*。（介紹*副詞語*：讀了這幾句死書）

下面例句也是用來表示「**動詞所關係的範圍**」，但常用「於」字。

例 果然英雄出於*少年*。

例 江河成於*點滴*。

例 萬丈高樓始於*平地*。

例 千里之行，始於*足下*。

例 積於*平日*，毀於*一朝*。

還有「關於」、「對於」等，這些已經黏合成詞，可以直接當成介詞，也納入這一項，用來表示「**動詞所關係的一定範圍**」。

例 關於這台*電腦*，運轉得還不錯。

例 *關於*這支*舞蹈*，跳得很好。

例 對於*小學生*，要加強語文能力。

例 我*對於**機器人*沒有研究。（表示述語所涉及的一定範圍）

例 *對於**這項提議*，我沒有意見。（表示述語所涉及的一定範圍）

【時地介詞】（2）介所從 （介紹從哪裡）

表示動作的起點或距離。

從（打從）、自從、自…（專門用來介紹時間）（下頁繼續）

例 這架飛行物*從天*降落。

例 我*從台中*來到高雄。

例 我那日*打從街上*經過。

例 *自從十八歲*起，她開始煮飯。

例 人參*自古*以來是中國人常使用的珍貴藥材。

這架飛行物 從天 降落。
介詞　名詞　述語

【打從】ㄉㄚˇ ㄘㄨㄥˊ：
　　從、由。表時間、地點的起點。例 打從去年起、打從那兒來

【自從】ㄗˋ ㄘㄨㄥˊ：
　　從、由。表示時間的起點。例 自從上次車禍之後，他再也不敢開快車了。

【自】ㄗˋ：從、由。例 自從、自古以來、自近而遠

【時地介詞】（2）介所從 （介紹從哪裡）

表示動作的起點或距離。

（接上頁）*由、離、距、以*

例 明天*由妹妹*先碗。

例 任務*由長官*決定。

例 這件事不能*由你自己*決定。

例 火車站*離高鐵站*有多遠？

例 他家*離學校*很近。

例 現在*距孩子*出生還有三個月。

例 目前*距暑假*不到一個月。

例 雨彈來襲，台中*以北*將出現局部大雨。

例 這幾天，中部*以南*艷陽高照。

例 唐朝美女*以胖*為美。

【由】一ㄡˊ：
  1. 相當於「歸」、「屬」。例 這個案子是由他負責承辦。
  2. 相當於「自」、「從」。例 由古到今、由東到西
  3. 相當於「因為」。例 成由勤儉敗由奢。

【離】ㄌㄧˊ：相隔；距離。例 離家很近、離家數十里

【距】ㄐㄩˋ：相隔、相離。例 我家距學校約五百公尺。

【以】一ˇ：
  1. 相當於「用」。例 以德抱怨、以禮相待。
  2. 相當於「依照」、「按照」。例 以受害程度賠償、以身高來　排座位
  3. 相當於「因為」。例 勿以善小而不為、不以受獎而驕傲
  4. 用於方位詞之前，表示時空和方位的界限。例 午夜以前、濁水溪以北

【時地介詞】（3）介所經 <small>（介紹經過什麼）</small>

表示動作的歷程或依靠。

經過、*經*、*過*（下頁繼續）

例 *經過一個夏天*，她長高了。

例 *經過十年*，這地方的景色都變了。

例 直走*過兩個路口*，就到了台中公園。

例 台中到台北的客運路線有*經台灣大道*的以及*經中清路*的。

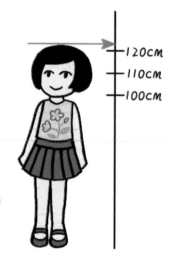

經過一個夏天，她長高了。
<small>介詞　　　名詞　　　述語</small>

【注意】

　　介紹經過的介詞，是用來表達動詞有著連續性的歷程，所以動詞一定不是那些靜止、固著的動詞。

　　若是靜止、固著的動詞，例如「*靠山腳紮營*」、「*傍岸停船*」的「紮營」和「停船」，所用的**介詞**就不是**介紹經過**，而是**介紹所在的位置**──這就是介詞要隨著動詞而『活用』。

【經過】ㄐㄧㄥ ㄍㄨㄛˋ ： 通過、走過。 例 你經過我家時，記得來看我。

【時地介詞】（3）介所經 (介紹經過什麼)

表示動作的歷程或依靠。

(接上頁) *依（靠）、順、接、沿*（大多介紹地理位置）

例 看病，請*依科別*掛號。

例 要左轉的車輛都*靠左邊*開。

例 這件事情我們會*依規定*辦理。

例 第二艦隊*沿海岸*航行。

例 我們*接這邊*走，*順大街*再繞一個彎兒，就到了。

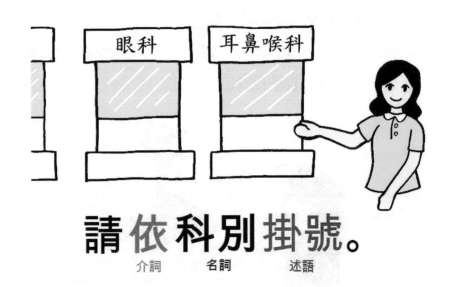

眼科　　耳鼻喉科

請 依 科別 掛號。

介詞　　名詞　　述語

【靠】ㄎㄠˋ：仰賴、依憑。例靠實力工作、靠天吃飯

【依】一：
　引進動作、行為所遵從的標準或依據，相當於口語的「按照」或「根據」。
　例依次入座、依法行政、依法處理

【順】ㄕㄨㄣˋ：
　引進動作所依從的路線或憑藉的情勢，相當於「沿著」、「趁便」。例順大路
　走下去、洪水順著山溝洶湧而下、順手牽羊。

【沿】一ㄢˊ：順著。例沿途吃美食、沿街叫賣

【時地介詞】（4）介所向 （介紹方向）

表示動作的**方向**（專門指位置）或**對象**。

向、往、望、朝…（下頁繼續）

例 他*向前*看。

例 我*向專家*請教。

例 水*往低處*流，人*往高處*爬。

例 這群士兵一起*望前*走。

例 他*望前*看了看，決定*朝東*走。

例 這座別墅北面靠山，南面*衝*著大海。

例 你*朝那座山*看，*往東*一直走。

所「向」的相反，就是所「背」，如「他*背著*燈靜悄悄地坐在那裡。」可視為這類介詞的反面。

他 向 前 看。
介詞　名詞　述語

【向】ㄒㄧㄤˋ：

　1.面對著、朝著。例 向前看

　2.引進動作的方向或對象。例 胳膊向內彎、小路通向果園、向同學借筆

【往】ㄨㄤˇ：相當於「朝」、「向」，表示動作行為的方向。例 往東走、往前看

【望】ㄨㄤˋ：相當於「朝」、「向」，表示趨向。例 望後看、望前走

【朝】ㄔㄠˊ：對、向。例 朝東跑、朝南祭拜

【時地介詞】（4）介所向 （介紹方向）

表示動作的**方向**（專門指位置）或**對象**。

（接上頁）*對、對於、上、下、於（于）*

例 她*對**藝術***著迷。

例 我*對**環境***不熟。

例 我*對於**醫學***是一知半解。（介紹事物）

例 他*對於**美食***沒有抵抗力。（介紹事物）

例 你*對**他***說了些什麼？難道你還*向**他***訴苦嗎！（介紹人）

例 剛剛小明*上**這兒***來，說他明天 *下**鄉***去。

例 己所不欲，勿*施**於***人。

例 張君*於**民國五十年***出生。

例 爺爺 *于**北京***出生。

她 對 藝術 著迷 。
介詞　　名詞　　　述語

【對】ㄉㄨㄟˋ：
用來介紹與動作有關的對象或事物。例 我對環境不熟，恐怕會迷路。

【對於】ㄉㄨㄟˋ ㄩˊ：表示對待關係的介詞。例 對於這件事，我束手無策。

【時地介詞】（5）介所到 （介紹所到的位置）

表示動作的終點、目的或結果。

可分成兩方面：

甲、動作所到的地方 常附在述語之後。

到、（至、在）、臨

例 他一口氣跑*到這裡*來了。

例 十幾年來的酗酒，把身體弄*到*這般*地步*。

　　（表結果，介詞必後附於動詞）

例 他每天工作*到八小時*。

　　（表動作或情形所到的程度，介詞必後附於動詞。動詞後附
　　的「得」字，就是此種用法引伸的。）

例 兩人回*至飯桌*吃飯。

例 他今年夏天預備*到美國*去。

　　（未到達之「*到*」，表目的，和「*往*」通用，但常附在述語前。）

例 他*接*酒杯*在手裡*。＊

例 他*放*小費*在盤子下面*。＊

例 雨滴落*在屋簷上*。＊

　　　上面打＊的句子，「在」字不全是"到達"的意思，也可
　　用來表示述語（動詞）動作的終點或效果；所以都只能後附於
　　動詞，不可移前。

例 夜幕降*臨*這個*城市*。

例 他確實沒有面*臨危險*。

【臨】ㄌㄧㄣˊ：

1. 靠近、依傍。例 臨窗而坐、臨門一腳
2. 面對、遇到。例 臨陣磨槍、臨危不亂

【時地介詞】（5）介所到 （介紹所到的位置）

表示動作的終點、目的或結果。

乙、動作所到達的人 必附在述語之後。

給、於

（專門介紹「授與事物的動作」所到達的人。算是**授與動作**的一種目的。介詞必附於動詞之後。）

例 我送一本書*給張先生*。（張先生是「送」的動作所到達的人）

例 張先生送*給我*一本樂譜。

例 張先生已經把這樂譜教*給我*了。

> * 「給」字，本身可當作動詞，若是句子裡已經有主要動詞，它就退而擔任**介詞**的職務。

例 己所不欲，勿施*於*人。

例 這件事一定是有人想嫁禍*於我*。

例 我將思想傳授*於*他人，他人之所得，亦無損*於我*之所有。

【授與】ㄕㄡˋ　ㄩˇ：給與、付與。例 優勝的隊伍被授與錦旗一面。

【給】ㄍㄟˇ：
1. 引進動作行為的主動者，相當於「被」。例 居然給他猜中了。
2. 引進交付、傳遞等動作的接受者。例 我借給他 20 萬元。
3. 引進動作行為的對象，相當於「朝」、「向」。例 給人家認個錯、給老師說實話。
4. 引進動作行為的受益者，相當於「為」、「替」。例 給爸爸捶背、給祖國爭光。

【「給」字的特別說明】

「給」字，本來可以當作動詞，不過若是句子裡已經有了主要動詞，它就退而擔任介詞的職務。

「給」字當外動詞時，可以帶第一種的賓補語(賓補語是動詞)。

例 我 送 這本書 給 張先生 『看』。
　　 動詞　　　　 介詞　　　　　 賓補語(動詞)

例 他 已經把這些話都 說 給 我 『聽』 了。
　　　　　　　　　　　 動詞 介詞　　 賓補語(動詞)

例 他 指 給 我們 『看』 那一大片建築物。
　　 動詞 介詞　　 賓補語(動詞)

【雙賓語的五種句式】

(1)<u>陽貨</u> 送 <u>孔夫子</u>一盤豬肘子。
　　　　動詞　間接賓語　　　　　直接賓語

(2)<u>陽貨</u>把一盤豬肘子 送 <u>孔夫子</u>。
　　　　　　直接賓語　　動詞　間接賓語

(3)<u>陽貨</u> 送 一盤豬肘子 給 <u>孔夫子</u>。
　　　　動詞　　直接賓語　介詞　間接賓語

(4)<u>陽貨</u> 送給 <u>孔夫子</u> 一盤豬肘子。
　　　　動詞　間接賓語　　　直接賓語

(5)<u>陽貨</u> 把一盤豬肘子 送給 <u>孔夫子</u>。
　　　　　　直接賓語　　動詞　間接賓語

　　在第⑶式中，「給」字一樣可以說是**介詞**；但是它本來是一個動詞，所以「給」字可以和「送」字結合成為一個複合動詞「**送給**」。

　　和「給」、「與」字結合為複合動詞的有：送給、寄給、發給、供給、贈與、授與⋯。

【肘】ㄓㄡˇ：用作食品的豬腿上部。例豬的前肘、醬肘子。

【陽貨】一ㄤˊ ㄏㄨㄛˋ：
　　<u>陽貨</u>是一個橫行霸道的人。他想要<u>孔子</u>為他所用，若能得到<u>孔子</u>的認同，就等於得到魯國的任用。但<u>孔子</u>不願見他，於是<u>陽貨</u>就送給<u>孔子</u>一份豬肉的厚禮。

【時地介詞】的總結

（1）**介所在** （介紹所在的位置）

　　　在（於）、當

（2）**介所從** （介紹從哪裡）

　　　從（打從）、自從（專門用來介紹時間）、*自、由*

　　　離、距、以

（3）**介所經** （介紹經過）

　　　經過、經、過

　　　靠（依）、順、接、沿（大多介紹地理位置）

（4）**介所向** （介紹方向）

　　　向（往、望、朝、衝）、上、下

　　　對、對於、於（于）

（5）**介所到** （介紹所到的位置）

　　　可分成兩方面：

　　　甲、動作所到的地方 常附在述語之後。

　　　　　到、（至、於、在）、臨

　　　乙、動作所到達的人 必附在述語之後。

　　　　　給、於

【時地介詞】的充實性與連續性

　　【時地介詞】所介紹的實體詞，有時會連著其他詞而成為一種**副詞語**，可以用來表示出三種關係：

(1) 表一定範圍的充實性

　　時地介詞「*在*」字介紹時間或地理位置的**名詞**，若是在**名詞**與**方位詞**之間加一個「*以*」字，便能使意義充滿範圍的全部，而不僅僅指一個點。

> 例 *在一百公分以*上的人，需買票入場。（也可省略「在」字）

> 例 *在兩公里以*內，才有外送。（也可以省略「在」字）

> 例 *在新竹以*北，有很多農場可以去踏青。

> 例 他總*在考試以*後才開始擔心考不好。

> 例 我動身應該*在兩星期以*後了。

> 例 腳程快一點的人*在十五分鐘以*內可以走完一里路。（也可省略「在」字）

（下頁繼續）

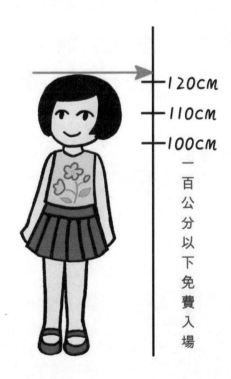

【時地介詞】的充實性與連續性

【時地介詞】所介紹的實體詞，有時會連著其他詞而成為一種**副詞語**，可以表示出三種關係：

(2)表示自「所從」而「所經」的連續性

「從」、「打從」、「自」、「自從」等字所介的時間、地理位置的**名詞**，再用「以」、「而」連著方位詞（包含時間）等，就可以表示**從起點而經過**的連續性。

例 *自古*以來，*從今*而後，這宇宙之謎，總是猜不透的。

例 *打從星期一*以後，雨就沒停過。

例 媽媽說妹妹*從六歲*以後沒有尿床了。

例 台灣*自濁水溪*以南是熱帶型氣候，以北是亞熱帶氣候。

例 *自從車禍*以後，弟弟就不敢騎機車了。

述語若是一個連續性的動詞，只須表明**起點**，便有了連續性了。

例 這頓飯*自從開動*以後，大家的筷子就沒停過。

例 這家火鍋店*自從開張*以後，生意就很好。

（下頁繼續）

【時地介詞】的充實性與連續性

　　【時地介詞】所介紹的實體詞，有時會連著其他詞而成為一種**副詞語**，可以表示出三種關係：

(3) 表示「從哪裏」至「所到的位置」的開始與結束關係

　　「從」、「打從」、「自」、「自從」等字與「到」、「至」等字聯用就是這種。

　　　例 投票時間*從*早上八點*至*下午四點。

　　　例 *從*今天早晨*到*這黃昏時候，我都還沒吃飯哩！

　　　例 *打從*分手那天*至*今天，我們都沒聯絡。

　　　例 *打從*幼稚園*到*五年級，我們一直是同班同學。

　　　例 *自*始*至*終，她都沉默不語。

　　　例 這場比賽*自*開始*到*結束，完全沒有冷場。

　　　例 *自從*發病*到*現在，他一直住在醫院。

　　　例 *自*去年離家*至*今，他都沒跟家裡聯絡。

_____

【以內】 一ˇ　ㄋㄟˋ：
　　包括在某一範圍裡面。例行人徒步區的範圍以內，禁止行駛各種車輛。

第二類、原因介詞

介紹人或**事物**等實體詞給述語，可表明其原因或動機。

可分成兩種：

【原因介詞】（1）介所因 （表事實或行為的原因）。

因為、因、為

例 自信的人，不*因為* 他人的**反對**改變做事的原則。

例 這場比賽*因為***下雨延期**。

例 他*為什麼* 不來？（聯合所介的詞成為**副詞**）

例 他*因***病**不能來。（「因」字多介**事實**的原因）

例 *因此* 我就要走了。（聯合所介的詞成**連詞**）

例 這位教育家竟*為***學校犧牲**了性命。（「為」字多用來介紹**行為**的原因）

【因】ㄧㄣ ：

　1．相當於「因為」。例 因事請假、因雨改期
　2．相當於「根據」。例 因地制宜、因材施教

【為】ㄨㄟˋ：

　1．相當於「替」、「給」，表示關切的對象。例 為民服務、為國增光
　2．相當於「對」、「向」，表示行為的對象。例 這點小事不足為外人道。
　3．相當於「為了」，表示目的。例 這次義演是為勸募救災基金而舉辦的。

（接上頁）

【原因介詞】（2）介所為 （表行為的動機）（多介人）。

分成兩方面：

（甲）為*誰而動*：替*(代、為)*、給*(與)*、幫

例 我 *替*你去走一趟。：

例 你 *幫*我想一個對策。

例 你 *代*我去瞭解這件事。

例 我 *為*你找了一份工作。

例 他 *與*人方便，自己隨手把桌子擦乾淨。

例 房間亂七八糟的，我 *給* 你們收拾乾淨了。

（「給」這個字，常把所介紹的詞省去：房間亂七八糟的，我 *給* 收拾乾淨了。"動詞後的賓語（房間）大都提前"）

例 貓的飯，狗 *給*吃了。

例 我的這幾篇作文，請您 *給*看一看。

【替】ㄊㄧˋ：

介詞。引進行為的對象或動作的受益者，相當於「為 ㄨㄟˋ」。例你有今天的成就，大家都替你高興。

【代】ㄉㄞˋ：替代、替換。例代課、代理、代替。

【與】ㄩˇ：

1. 介詞。相當於「給」、「同」，表示交與的對象。例與虎謀皮
2. 連詞。相當於「和」、「及」、「或」，表示並列或選擇的關係。例我與你、山與水、戰爭與和平、去與不去

【原因介詞】(2)介所為（表行為的動機）（多用於介紹人）。

分成兩方面：

(乙) 被誰所動：被、為...所...、由 （下頁繼續）

（述語一定是外動詞的被動式；所介紹的詞是原本的主語）

例 強權 被公理戰勝 了。

原句→ 公理戰勝 了強權。
主語　述語　　賓語

例 他 被狗咬了。

例 他 為生活所迫，不得不做三份工作。

例 我們不要 為自己的負面情緒所控制。

例 音樂會上，他 為優美的音樂所陶醉。

例 這個月餅，由你吃了吧。

例 聚餐的地點，由你來決定。

例 由你來買晚會所需的餐點。

他 被 狗 咬了。
介詞　名詞　　述語

（接前頁）

（乙）被誰所動：（延續上頁）隨、任（讓、給）

（述語一定是外動詞的被動式；所介紹的詞是原本的主語）

例 這堆東西*隨*你處理。

例 這裡的衣服*隨*你挑。

例 這些人*隨*你使喚。

例 這些草莓*任*君採擷。

例 這裡的遊樂設施*任*你玩。

例 小偷*讓*警察帶走了。

例 這頂帽子*讓*我找了好久。

例 學生*給*老師教訓了一頓。

例 小狗*給*車子撞了。

例 花園*給*暴民破壞了。

【隨】ㄙㄨㄟˊ：

介詞。引進動作行為所依據的對象，相當於「依著」、「順著」。例 隨風起舞、隨機應變、隨波逐流

【任】ㄖㄣˋ：

1. 聽憑。例 這裡所有的美食任你吃，衣服任你挑。
2. 無論。例 他現在正在氣頭上，任你怎麼解釋，他都不會聽的。

【讓】ㄖㄤˋ：

1. 把自己所有轉給別人持有。例 讓位於有賢能的人
2. 任、隨、允許。例 別管他，讓他去吧！
3. 使、令。例 我讓他到街上買東西去。
4. 介詞。引進動作行為的施事者，相當於「被」。例 讓爸爸訓了一頓。

【原因介詞】的總結

（1）**介所因**（表事實行為的原因）。

因為、因、為

（2）**介所為**（表行為的動機）（多用於介紹人）。

分成兩方面：

（甲）**為誰而動**：替(代、為)、給(與)、幫

（乙）**被誰所動**：被、為...所...、由、隨、任(讓、給)

第三類、方法介詞　再分五種：

【方法介詞】(1) 介所用(表示動作所需要的材料或工具)。

把、拿(下頁繼續)

例 他*把*麵粉揉成團。

例 房東*把*租金定成為一個月五千元。

例 請你*把*門鎖上。

例 她們*把*旅遊計畫推延一個月。

例 我*拿*衣服去晾。

例 人家總是*拿*她的口音開玩笑。

例 你自己*拿*飲料去喝。

　　此種介詞，表示動作在某範圍內的限制。參考本冊第 15 頁【關於「**介所在**」的更多說明】。

【把】ㄅㄚˇ：
　　1.介詞。相當於「將」。表示處理、處置的意思。例 把門關上、把臉洗淨
　　2.介詞。表示致使、導致的意思。例 把我急瘋了。

【拿】ㄋㄚˊ：
　　1.介詞。引進所憑藉的工具、材料等，相當於「用」。例 別拿話語激他！
　　2.介詞。引進所處置的對象，相當於「把」。例 不要拿他當犧牲品。

【方法介詞】(1) 介所用 <small>（表示動作所需要的材料或工具）。</small>

（接上頁）*將、用、以*

例 許多人*將*錢存入銀行。

例 他喜歡*將*帽子反著戴。

例 這孩子*用*左手寫字。

例 她*用*手指輕輕地彈著鋼琴。

例 敵人*用*砲彈夷平這片土地。

例 第一號候選人*以*兩票之差落選了。

例 *以*卵擊石。

此種介詞，表示動作在某範圍內的限制。參考本冊第 15 頁【關於「**介所在**」的更多說明】。

【將】ㄐㄧㄤ：
　　1. 把。例請將門關好。
　　2. 以、用。例將功折罪

【用】ㄩㄥˋ：
　　1. 要、需要。例不用擔心，他一定會妥善處理的。
　　2. 介詞。表示行為動作賴以完成的憑藉。例他用手蒙住眼睛。

【方法介詞】(2) 介所依 (表示動作所依賴的或所準照的)。

依、依靠、憑、仗（下頁繼續）

例 這裡需憑票入場。

例 依我看，他不會改變他的決定。

例 她依靠自己的力量贏得比賽。

例 空間中的點通常是依靠座標來定位的。

例 我們不能只憑感覺做事。

例 有些官員仗勢欺人。

此種介詞，表示動作在某範圍內的限制。參考本冊第 15 頁【關於「介所在」的更多說明】。

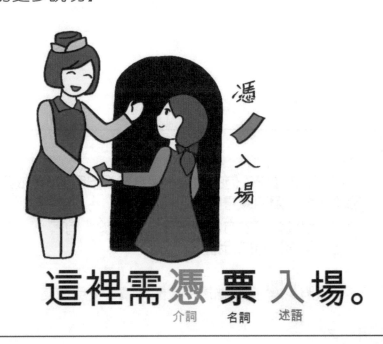

憑／入場

這裡需憑票入場。
介詞　名詞　述語

【依靠】ㄧ　ㄎㄠˋ：
　　指望或仰賴某人或某事物來達到一定的目的。例 互相依靠、依靠親友

【憑】ㄆㄧㄥˊ：
　　介詞。引進行為、動作的憑藉，相當於「依據」、「根據」。例 憑票入場、憑發票兌換贈品

【仗】ㄓㄤˋ：憑藉、依靠。例 狗仗人勢、仗勢欺人

【方法介詞】(2)介所依 (表示動作所依賴的或所準照的)。

(接上頁) *照(按、就)、乘、趁*

例 現在*照*我的**吩咐**做事。

例 大家*照*這個花瓶的**樣子**描繪。

例 這趟旅程*就*之前的**規畫**稍微**調整**路線。

例 我們*乘*捷運去百貨公司。

例 他*乘*人之**危**，逼人還債。

例 我想*趁*這個**機會**講幾句話。

例 你臉色不好，*趁早*去看病吧。

　　此種介詞，表示動作在某範圍內的限制。參考本冊第 15 頁【關於「介所在」的更多說明】。

【照】ㄓㄠˋ：

　　1. 介詞。引進動作依仿的對象，相當於「按照」、「依照」。例照本宣科、照章辦事、照葫蘆畫瓢

　　2. 介詞。引進動作的方向或對象，相當於「向著」、「朝著」。例照這條路走、照這個方向行進

【按】ㄢˋ：依照。例 按部就班、按圖索驥、按月繳交

【就】ㄐㄧㄡˋ：

　　介詞。 引進動作行為的對象或範圍，相當於「依照」。例就事論事、就價格來說，這款貨品確實低廉。

【乘】ㄔㄥˊ：順應、趁、藉。例乘人之危、乘風破浪、乘勝追擊

【趁】ㄔㄣˋ：

　　介詞。引進可利用的條件或機會，相當於「藉著」、「利用」。例趁早準備、趁熱打鐵、趁退潮的時候，到海灘撿貝殼。

【方法介詞】（3）介所除 （表示所依靠的反面）。

除(除...外、除...之外、除...以外)、除非、除了

例 *除*張先生之外，誰也不知道這件事。

例 公司的福利*除*基本薪水外，還有分紅。

例 這部電影*除*男女主角的顏值以外，沒有其它可看性。

例 *除非*爸爸，這場活動沒人辦得成。

例 *除非*嚴老師，其它人做不出這種刺繡手法。

例 *除非*這樣，此事沒有辦法。

例 *除非*您老人家，沒人可以約束他。

特別說明：

　　*除非*有兩種用法，一種是介詞，一種是連詞；*除非*當作介詞時，介詞後面要接實體詞，介詞把實體詞介紹給**述語**，*除非*當作連詞時，後面接的是句子。

【除非】ㄔㄨˊ　ㄈㄟ：

1. 介詞。表示排除在外，相當於「除了」。例 除非您老人家，別人根本說不動他。

2. 連詞。表示唯一條件，即只有具備這個條件，才會有某種結果。常跟「才」、「不然」、「否則」等配合使用。例 除非你去邀請，他才願意出席。

【方法介詞】 (4) 介所共

（表示動作是共同的，或有連帶關係的）。

和、同、與、跟（下頁繼續）

例 小車*與*卡車撞一起。

例 他們都*和*我好，你為什麼不*和*我好？

例 我*和*那個傢伙斷絕關係了

例 薛姨媽*同著*寶釵進了屋子。

例 我*同*他們打個招呼。

例 這個婦人*與*鄰居結怨很深。

例 我*跟*上司大吵一頓。

例 他*與*他的對手發生衝突。

小車 與 大車 撞一起。
介詞　　名詞　　述語

【和】ㄏㄜˊ：對、向。例 晚輩和尊長講話的態度要恭敬。

【同】ㄊㄨㄥˊ：和、與、跟。例 我同他一起看電影。

【跟】ㄍㄣ：
　　1. 介詞。引進動作涉及的對象，相當於「同」、「向」。例 我有話跟你說。
　　2. 介詞。引進比較的對象。例 我跟他不一樣、咱不能跟他比。

【方法介詞】（4）介所共

（表示動作是共同的，或有連帶關係的）。

（接上頁）*帶、領、給*

例 我 *帶* 小狗去看獸醫。

例 爸爸 *帶* 女兒去買禮物。

例 服務員 *領* 客人進宴會廳。

例 她 *領著* 孩子開開心心地走了。

例 他的失誤 *給* 我們帶來麻煩。

例 歌迷 *給* 她開慶生會。

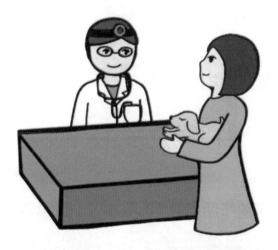

我 帶 小狗 看 獸醫。

　　介詞　　　名詞　　　述語

【帶】ㄉㄞˋ：
1. 隨身攜著、拿著。例 明天郊遊，請大家自己帶食物。
2. 連著、順便做。例 連說帶笑
3. 夾雜、含著。例 他面帶愁容。

【領】ㄌㄧㄥˇ：
1. 頸部。例 一群人引領而望。
2. 引導、統率。例 主管帶領整個小組做事。
3. 曉悟、了解。例 我終於領會媽媽的苦心。

【介所共的額外說明】

　　給、和、同、與、跟，是**介所共**的介詞，可兼作【時地介詞】(4) **介所向**的介詞；但是只能介紹人或**對象**這類的實體詞。

　　介所向定義：表示動作的**方向**（專門指位置）或**對象**。（本冊 21 頁）

　　介所共的*給、和、同、與、跟* 與**介所向**的*對、對於、向*同類：

　　如例 1、2，是相同的意思：

　　例 1 你去*給他說明*這個道理，也許他就不再*與你*對立了。

　　例 2 你去*對他說明*這個道理，也許他就不再*和你*對立了。

　　「*給*」字和「*與*」字的這種用法，兼有四種意味：

1. 表「說明」或「爭論」的動作時一起參與的人──「*同*誰說」，就是這種。

2. 表示「說明」的動作所針對的人──「*對*誰說」，這是屬於**介所向**。

3. 表示「說明」的動作所到達的人──「說*給*誰」，這是屬於(5)**介所到**(乙)**動作所到達的人**。

4. 表示引起「說明」的動作之人──「*為*誰說」，這是屬於**介所為**(甲)**為誰而動**。

　　以上四種意味，在「*給*」、「*與*」等字的本義上，本來就有相通之點，所以用法不拘。介詞中「*給*」字的用法最複雜，大致來說，這四種介詞都時常用得到它。

【省略主語的平比句】

拿兩樣東西互相比較來推斷這兩者的相似性，稱為平比句。平比句常會省略句子中的主要成分。

例如：猴子像人。（把「猴子」和「人」相比較）

「像」，究竟是指「猴子」和「人」的形體相似？還是習性相似？這句話似乎省略了主語的一部分，沒有把它明確說出來：

例 猴子像人。

是指：猴子「的形體」像人？

還是：猴子「的習性」像人？

就語言的使用習慣，同動詞「像」若沒有指出所比較的部分，大部分都認為是指形體。所以還不至於認為句子裡省略了主語。

但是另外一句話：臣心如水。

譯成白話文：我的心像水似的。（出自《漢書》，意思是我的心潔淨如水，比喻為官清廉。）

其實已經把主語的一部份名詞省略了。（被省略的部分是名詞「乾淨」或「平靜」。看說話者的本意是什麼）

當我們把缺少的部分補足起來，就會變成例①或②：

例 ①我心裡的「乾淨」像水似的。

例 ②我心裡的「乾淨」像水的「乾淨」似的。

「乾淨」兩字是「抽象名詞」，因為兩個要相比的東西，它們的屬性必須看作是實體。例①②省略了主語的實體詞。

【省略述語的平比句】

下面這兩句例③④，不是省略主語的比較法，而是省略述語的比較法——也就是形容詞「乾淨」當述語用，卻被省略了。

例③我的心像水似的。

例④我的心和水一般。

因為「心」和「水」形體上毫無相像的地方，所以一定是把它們的某部分屬性相比。把缺少的部分補足起來，就會變成：

例③變成→例⑤我的心乾乾淨淨，**像水**似的 。
　　　　　　　　　　　　述語　　　介詞　　副詞

例④變成→例⑥我的心乾乾淨淨，**和水**一般 。
　　　　　　　　　　　　述語　　　介詞　　副詞

這種形容詞的比較句，把形容詞當述語用，會使用**介所比**的介詞。如例⑤，因為形容詞「乾乾淨淨」當述語，所以原本的同動詞「像」就退成「介詞」。

如例⑥，有了正式的述語「**乾乾淨淨**」，形容詞「一般」就退成了「副詞」。

在語言的習慣上，例③④這種把形容詞當述語的「平比句」，述語常常被省略，因為要使人只從比較的實體，如「心」和「水」，去感受這兩者相比的靈活性。

【方法介詞】(5) 介所比

表示與主語相比的人或事物；但這類的述語必為形容詞（形容詞當述語用）。

分成兩項：

(甲) 平行的對比 (類似的關係)：*和、同（如同、好像）、與（跟）*

例 他的勤勞*和*他爸爸一樣。

例 他的智商*同*五歲的小孩差不多。

例 我的心*如同*水一般。（一般是形容詞當述語用）

例 我的心*如同*水一般乾淨。（有述語乾淨，所以**一般**退為副詞）

例 愛情的滋味*如同*糖漿一般甜美。

例 大雨*如同*傾盆倒下的水淋了我一身。

例 她的皮膚*好像*嬰兒一般嫩。

例 陳同學的反應*好像*電腦一般快。

例 流星*好像*閃電一樣快。

例 她的字*與*印刷體一般工整。

例 我的媽媽*與*天使一般溫柔。

例 孩子的身高*跟*櫃台的高度一樣。

例 你的答案*跟*我的答案一樣。

「似的」和「一樣」「一般」都是表比較的數量副詞，可互相通用。但是「一樣」「一般」原是形容詞，若句子裡面沒有同動詞時，「一樣」「一般」就可以當同動詞用（在句子中當「述語」）。

【方法介詞】（5）介所比

表示與主語相比的人或事物；但這類的述語必為形容詞（形容詞當述語用）。

分成兩項：

（乙）差異的對比（程度的優劣）：比、較

例 姊姊*比*妹妹高。

例 施與者*比*接受者更被讚美。

例 公路運輸*比*鐵路運輸便宜。

例 財政措施*比*其它事情重要。

例 搭公車*比*計程車慢。

例 春天*較*冬天容易生病。

例 我*較*妹妹高一點。

例 英文*較*中文好學。

例 私立學校*較*公立學校貴。

例 我的數學成績*較*哥哥的數學成績優秀。

姊姊 比 妹妹 高。
介詞　　　　述語

【方法介詞】的總結

(1) 介所用　　（表示動作所需要的材料或工具）。

把、拿、將、用、以

(2) 介所依　　（表示動作所依賴的或所準照的）。

依靠（憑、仗）、照（按、就）、乘（趁）

(3) 介所除　　（表示所依靠的反面）。

除（除…外、除…之外、除…以外）、除非

(4) 介所共　　（表示動作所共同的或所連帶的）。

和、同、與、跟、帶、領、給

(5) 介所比　　（表示與主語相比的人或事物；但這類的述語必為形容詞，同動詞當述語用）。

分成兩項：

(甲) 平行的對比(類似的關係)：*和、同（如同、好像）、與（跟）*

(乙) 差異的對比(程度的優劣)：*比、較*

第四類【領攝介詞】

定義→介紹**實體詞**（**名詞**或**代名詞**）作某種事物的領有者，統攝者，或孕育者。

領攝介詞，只有一個「*的*」字。

實體詞在句子中擺放的位置不同，在句子中所負的責任也不相同。兩個實體詞之間，用一個介詞「*的*」字來介紹；前面的實體詞變成後面實體詞的形容附加語。

例 阿美族的服飾

阿美族
專有名詞

「阿美族」和「服飾」都是實體詞，「阿美族」用來修飾「服飾」，「阿美族」是「服飾」的形容附加語。在位置上，前面的實體詞位於「領位」。在性質上，有兩大區別：⑴統攝性 ⑵修飾性。

統攝性的**領位**，分五種：

1. 作為事物的主人或來源者：

> 例 **張先生**的帽子、**兒童**的心理、**達爾文**的進化論、**阿里山**的茶

2. 表示動作的主動者或發起者：

> 例 **獅子**的勇猛、**太陽**的熱度、**父母**的教育、**世界**的進步

> （勇猛是**獅子**發出來的、熱度是**太陽**發出來的⋯）

3. 表動作的接受者（前面可加　"對於"　兩字）：

> 例 **國語**的研究（對於國語的研究）

> 例 **職業**的選擇（對於職業的選擇）

> （研究是針對**國語**這個主題，**國語**是動作的接受者）

4. 表該事物跟什麼有關係（習慣上前面可加「關於」　兩字）

> 例 **社會**的架構（關於社會的架構）

> 例 **老百姓**的生活（關於老百姓的生活）

5. 表該事物在哪裡（前可加介詞，或後面附「方位詞」）：

> 例 在**中山公園**的榕樹、**現代**的作家、一天的早上、

> 例 **會員**「中」的一人、**樹**「上」的水果

　　這五種在**領位**的名詞，雖然表示的意味各不相同，可是對於「的」字後面的名詞，都含有統攝的作用。

關於【領攝介詞】「*的*」字

「*的*」字與【時地介詞】、【原因介詞】、【方法介詞】有三個不同之點：

(1) 前三種介詞的位置都位於所介紹的名詞之前，只有「*的*」字位於所介紹的名詞之後。

> 例 魚 **在** **水中** 游泳。　　　【時地介詞】
> 　　　介詞　名詞

> 例 他 **因** **病** 不能來。　　　【原因介詞】
> 　　介詞　名詞

> 例 這裡需 **憑** **票** 入場。　　　【方法介詞】
> 　　　　　介詞　名詞

> 例 黃河**的**橋 、 太陽**的**光 【領攝介詞】
> 　　名詞　介詞 名詞　　　名詞 介詞 名詞

「*的*」字，把「**黃河**」介紹給「**橋**」，表示橋的位置；或是把「**太陽**」介紹給「**光**」，表示光的來源者。

(2) 實體詞放在副詞附加語的位置，叫作實體詞在「副位」。前三種介詞所介紹的實體詞都位於「副位」，只有「*的*」字所介紹的是名詞位於「領位」。

(3) 前三種都是「副詞附加語」的關係詞，只有「*的*」字是「形容附加語」的關係詞。

　　【領攝介詞】「*的*」字又被叫做特別介詞，為什麼呢？因為在用法上，前三類都置在所介紹的名詞之前，稱為「前置的介詞」；唯有第四類必置於所介紹的詞之後，稱為「後置的介詞」，這是國語用特有的用法，所以叫做"特別介詞"。

【介詞有兩種特別用法】

(1) 用來提前賓語：*把、將、拿、對於、連*

例　**我** **送** **張先生** **一本書。**
主語　述語　　　　　直接賓語

用介詞提賓→ **我** **把** **一本書** **送** **張先生。**
主語　介詞　直接賓語　述語

可以使用介詞「*把*」字，將雙賓語的**直接賓語**提到前面，如果不是雙賓語的句子，也可以把外動詞之後的**賓語**提前。

例 我 *把*這本**書**讀完了。 （我讀完了這本**書**。）

例 她 *把***新衣服**送妹妹。 （她送妹妹**新衣服**。）

例 我 *把***工作**完成了。 （我完成了**工作**。）

例 他 *將***那個人**看輕。 （他看輕**那個人**。）

例 龍捲風 *將*一切**東西**吹走了。 （龍捲風吹走了一切**東西**。）

例 我 *拿***衣服**去洗。 （我去洗**衣服**。）

例 她 *拿***花瓣**去灑。 （她去灑**花瓣**。）

還有「*對於*」，也有這種用法。

例 我 *對於*這篇**文章**已經解說清楚。

例 他們 *對於***世界大勢**似乎不關心。

「*連*」字也可以提前賓語，但語意有些不同，常用副詞「也」或「都」與之相應。

例 我 *連*一隻**筆**也沒有。

例 他把房子 *連***家具**都賣了。

⑵用來引起副詞（或副詞的語句）：*得*

介詞「得・ㄉㄜ」專門用來引起或領著副詞的附加語，用在動詞或形容詞後面，以表示動詞或形容詞所到達的程度或效果。所引起的可分成副詞、語、句三項。說明如下：

(一)引起副詞

例 母親說*得*對。

例 史進十八般武藝，一一學*得*精熟。

例 這幅畫畫*得*好。

例 每個人都希望自己活*得*久。

例 三輪車，跑*得*快。

(二)引起副詞語

例 這個小男生，生*得*十分斯文清秀。

例 他笑*得*閉不上嘴。

例 她哭*得*死去活來。

例 她生氣時，常把人罵*得*狗血淋頭。

例 今天我累*得*像條死魚。

(三)引起副詞句

例 驚*得*下官魂魄都沒了。（下官是主語，「得」字所引起的「魂魄都沒了」是副詞句）

例 嚇*得*洪太尉目瞪口呆。（洪太尉是主語）

例 一陣怪風刮*得*樹木都颼颼地響。

例 這種人永遠對你笑，笑*得*你心裡發寒。

第一類介詞【時地介詞】的總結

(1) 介所在 （介紹所在的位置）
與特定的範圍有固定或接觸的關係。

在（於）、當、關於、對於

(2) 介所從 （介紹從哪裡）
表示動作的起點或距離。

從（打從）、自從（專門用來介紹時間）、自、由

離、距、以

(3) 介所經 （介紹經過）
表示動作的歷程或依靠。

經過、經、過

靠（依）、順、接、沿（大多介地）

(4) 介所向 （介紹方向）
表示動作的趨向（專介地）或對象。

向（往、望、朝、衝）、上、下

對、對於、於（于）

(5) 介所到 （介紹所到的位置）
表示動作的終點、目的或結果。

分成兩方面：

甲、動作所到的地方：到、（至、於、在）、臨（常附在述語之後）

乙、動作所到達的人：給、於（必附在述語之後）

第二類介詞【原因介詞】的總結

(1) **介所因**：*因為、因、為*（表事實行為的原因）。

(2) **介所為**（表行為的動機）（多介人）。分成兩方面：

　　（甲）**為*誰*而動**：*替(代、為)、給(與)、幫*

　　（乙）**被*誰*所動**：*被(為...所...)、由、隨、任(讓、給)*

第三類介詞【方法介詞】的總結

(1) **介所用**　（表示動作所需要的材料或工具）。
　　把、拿、將、用、以

(2) **介所依**　（表示動作所依賴的或所準照的）。
　　依靠(憑、仗)、照(按、就)、乘(趁)

(3) **介所除**　（表示所依靠的反面）。
　　除(除...外、除...之外、除...以外)、除非

(4) **介所共**　（表示動作所共同的或所連帶的）。
　　和、同、與、跟、帶、領、給

(5) **介所比**　（表示與主語相比的人或事物：但這類的述語必為
　　　　　　　形容詞，同動詞當述語用）。）分成兩項：

　　甲、**平行的對比(類似的關係)**：*如同、像*

　　乙、**差異的對比(程度的優劣)**：*比、較*

第四類介詞【領攝介詞】的總結

　　介紹實體詞作某種事物的領有者，統攝者，或孕育者：*的*

恭喜你！

你已經完成中文基礎文法第七單元

　　你已經學到了六種詞類，相信你已經運用良好的判斷力，開始體會並感受生活的不同。

　　言語不是機械的堆砌，而是情感的交流。在第八單元，我們會介紹「情態詞」，也就是「助詞」和「歎詞」。

　　你會發現，這兩種詞類，讓我們的語言變得非常有感情。

　　趕快開始下個單元吧！

第八單元

助詞

【助詞】

助詞亦稱為語助詞、語氣助詞，是國語所特有的。歐美各國的語言都沒有助詞。助詞一般用於句末，表示全句的「語氣」；有時也用在句中，表示停頓。

因為古時的文字，只有簡單的ㄐㄩˋ　ㄉㄡˋ標點，沒有表疑問、驚嘆等等語氣，於是就假借（或創造）幾個字來表示這些語氣。

所以用來幫助詞、語、句，表示說話時的口氣與情感的詞，就叫做「助詞」。這種詞本身並沒有什麼意思，不過是代替一種符號的作用罷了。

例句：

例 鋼鐵*嗎*？那真不容易造*啊*！

例 太陽要到甚麼時候才出來*呢*？

助詞雖然在句子的結構上沒有很重要的關係，但是口語的表情與態度，全靠助詞就可以把情態表現得貼切、豐富又細膩。

助詞和其他詞類不同的地方，在於助詞與句子的內容和構造不相干，卻跟口語的聲調大有關係。助詞可以表示出驚訝、讚賞、慨嘆、希望等語氣。

句子的語氣，可分成四類：

1. 表決定的語氣——

　　例春天的天氣是很溫和的。

　　例帶著雨傘吧，外面正下著雨呢。

　　例別灰心，這是頭一回嘛！

　　例好啊！我們一起去。

　　例別緊張，不過是停電罷了。

2. 表疑問語氣——

　　例窗戶關了嗎？

　　例明天該不會下雨吧？

　　例這件好看，還是那件好看呢？

3. 表祈使語氣——

　　例你趕快走吧！

　　例把電話給我吧！

4. 表驚嘆語氣——

　　例這景色真美啊！

　　例真讓人覺得惋惜呀！

　　例可憐的人哪！

【祈使句】ㄑㄧˊ ㄕˇ ㄐㄩˋ：
　　一種表示請求、勸告、命令等語氣的句子。常省略主詞。如：「請勿吸菸。」
　　也稱為「命令句」。

【助詞的介紹】

了 ˙ㄌㄜ

「了」是一個被使用得非常頻繁的助詞。置於句末或句中停頓處，用來表示「**語氣的完結**」。

它可以用在句尾：

例 好了。

例 別哭了。

例 我們到了。

例 你真是太不中用了。

例 這件事我管不了了。

例 你們繼續吃，我要先走了。

例 行了。這件事情就這麼決定了。

「了」可以用在兩個分句之間：

例 你別哭了，事情會好轉的。

例 你不高興了，就把東西丟下自己跑了，這算什麼事？

例 不要管行李了，逃命要緊！

　　表示動作已完成的助動詞「了」，有時和用來幫助全句語氣的助詞「了」無從分別；當助動詞「了」恰好用在句尾的時候，這個「了」字便兼具助詞「了」的職務，也帶有表示全句的完結語氣的作用。

【助詞的介紹】

罷了 ㄅㄚˋ ・ㄌㄜ

「罷了」用來表示「**對語意的限制**」；對於全句的意義，有一種限制或讓步的口吻。

「罷了」有「**僅此而已**」的意思。

例 不要緊張，不過是停電*罷了*。

例 一個人活在世上，不過是想求得安逸快樂*罷了*。

例 這不過是我的一點心意*罷了*。

例 看來這個人並不兇，不過是虛張聲勢*罷了*。

例 對他而言，這筆錢不過是九牛一毛*罷了*。

例 他說的例行檢查，不過是走走形式*罷了*。

例 他不會真的打你，不過是嚇唬嚇唬你*罷了*。

「罷了」有「**表示失望、放棄不想再勉強的語氣。**」以及「**算了**」的意思。

例 *罷了*！*罷了*！再怎麼努力，都是白費。

例 若是你不想採用我的建議，也就*罷了*。

例 他不願意去也就*罷了*。

例 *罷了*！我上了他的當了。

【助詞的介紹】

而已 ㄦˊ ㄧˇ

「而已」兩字是個雙音節的語尾助詞。用在陳述句末尾，表示「**限制或讓步**」，相當於口語的「罷了」。

例 他只是運氣比我好而已。

例 他只是跑得比我快而已。

例 我只是想跳舞而已。

例 我不過是開個玩笑而已。

例 他不過是逗著你玩玩而已。

例 我只是聽說而已。

例 我只是想出出悶氣而已。

就是了 ㄐㄧㄡˋ ㄕˋ ˙ㄌㄜ

「就是了」和「罷了」用法相同，表示「**對語意的限制**」。「就是」本來是性態副詞中**表語末**的副詞，因為也具有幫助語氣的作用，所以也可當成語氣助詞。

例 既然這樣，你去就是了。

例 你照著他說的去做就是了。

例 你想吃麵，我請你就是了。

例 跟惡鄰居無法溝通，大不了搬家就是了。

例 這些東西，你拿去就是了。

例 你們先把這裡打掃乾淨就是了。

【助詞的介紹】

的 ·ㄉㄜ

「的」字置於句尾。表示「**肯定或加強的語氣**」。

例 你這樣做是不可以的。

例 是的。

例 你什麼時候來的？

例 你這錢是哪來的？

例 誰允許你碰這個的？

例 這是我要還你的。

例 誰教你開口罵人的？

例 我不管，這是你要給我的。

例 胡說，她不會打你的。

例 觀眾的目光，沒有不被精彩的表演吸引住的。

例 媽媽叫我不要去的。

例 你這麼認真工作，遲早會獲得獎勵的。

例 爸爸媽媽，你們一定要好好的。

你這樣做是不可以**的**。
助詞

【助詞的介紹】

呢 ·ㄋㄜ

　　「呢」字用在肯定的陳述句或感嘆句，表示「**加強、確定的語氣**」。

例 動物園裡的小白兔，正在吃紅蘿蔔呢。

例 你欠我的錢，還沒還給我呢。

例 我以為你很在乎比賽輸贏呢。

例 整件事我還摸不著頭緒呢。

例 撐把傘，外面正下著雨呢。

例 姑姑帶我們去玩，還送了我們一個無尾熊的大玩偶呢！

例 我要帶這些貝殼回家做紀念品呢！

例 弟弟過年四處拜年得到的紅包，加起來有好厚一疊呢！

　　「呢」字也有表示「**疑問的語氣**」。

例 今年中秋節送什麼好呢？

例 這麼多錢怎麼用呢？

例 為什麼參加營隊活動能夠充實自我、發展身心呢？

例 端午節為什麼要吃粽子呢？

例 這件事要怎麼解決呢？

例 我們要去哪裡呢？

例 母親節要送什麼禮物呢？

　　從上面的例句中可以看到「呢」字通常和疑問代名詞「什麼」或疑問副 詞「怎麼」、「為什麼」配合運用，以充分表達出疑問的語氣。

【助詞的介紹】

嗎　˙ㄇㄚ

「嗎」字用在疑問句。表示「**疑問的語氣**」：

例 這本書我有。你想看嗎？

例 這是真的嗎？

例 你還記得龜兔賽跑的故事嗎？

例 如果不是爸爸的辛苦，我們能有今天嗎？

例 這個問題可以解決嗎？你能保證嗎？

　　反問句，一般藉著表疑問的助詞「嗎」，配合否定副詞「不」，句子的形式雖是疑問，然而它的意思接近肯定的那方：

例 媽媽說：「行！買菜有兒子作伴，還不好嗎？
　　（有兒子作伴，真好。）

例 這和我們老祖宗的祭神歌舞，不是很類似嗎？
　　（和祭神歌舞類似。）

　　相反的，如果反問句中出現了兩個否定副詞和一個表疑問的助詞「嗎」，這時候的意思，則接近否定的那一方：

例 小美說：「香包好看又有用，我一定要多買幾個掛在身上，以後不就可以百毒不侵了嗎？」（這句反問句的意思是「百毒不侵」。）

例 我如果修練成神功，以後不就可以不吃飯嗎？」（這句反問句的意思是「可以不吃飯」。）

【助詞的介紹】

吧 ·ㄅㄚ

「吧」多用在感嘆句，表示「**商量、請求、命令、祈使、推測、允許等語氣**」。

例 讓我們一起享受陽光吧！──商量、請求的語氣。

例 你就教教我吧！

例 你趕快回來吧！

例 求你放了我吧！

例 老師：「每個人都過來領作業本吧！」──表示命令的語氣。

例 你走吧！

例 爸爸：「我們來種樹吧！」──表示祈使的語氣。

例 來吧！一起來唱歌吧！

例 請爺爺說說他年輕時候的故事吧！

例 他是急著要去拜年拿紅包吧！──表示推測的語氣。

例 明天該不會下雨吧！

例 媽媽：「是什麼問題？你說吧！」──表示允許的語氣。

例 好吧。就讓你玩一次吧！

【助詞的介紹】

了吧 ˙ㄌㄜ ˙ㄅㄚ

這是「了」與「吧」的連用，表示「**堅定的確認語氣**」。

例 我們從幼稚園認識到現在，夠久了吧！

例 你也未免太小題大作了吧！

例 這太離譜了吧！

例 大夥兒趁早散了吧！

例 這樣你可滿意了吧！

例 現在你知道這家店為什麼有名了吧！

例 你可高興了吧！

例 我想：或許牠已經吃飽了吧！

我們從幼稚園認識到現在，夠久了吧！

【助詞的介紹】

了嗎　•ㄌㄜ　•ㄇㄚ

　　這是「了」與「嗎」的連用，表示有條件的懷疑，有「**半信半疑的語氣**」。

例 這件衣服你整理好了嗎？

例 如果人人都為所欲為，那世界不就亂了嗎？

例 你把我的話當耳邊風了嗎？

例 你去參加聖誕晚會了嗎？

例 課本裡的練習你們都做了嗎？

例 你不要命了嗎？怎麼會跟那群亡命之徒來往？

例 你準備好了嗎？

例 你學會了嗎？

例 你不覺得你有點小題大作了嗎？

這件衣服你整理好了嗎？

【助詞的介紹】

呵　ㄜ（也讀ㄏㄜ，但是助詞時，讀ㄜ）

「呵」字用於句尾或語氣停頓處。表示「**驚嘆的語氣**」。

例 我喜歡這件衣服呵！

例 這組玩具這麼貴呵！我可買不起。

例 爸爸媽媽對你可是深具信心呵！

例 他說：有時真感到孤獨呵！

例 私自拿走別人的東西，這是多麼可恥的行為呵！

例 好呵！好呵！我贊成。

我喜歡這件衣服呵！

【助詞的介紹】

嘍 ・ㄌㄡ

「嘍」字用在感嘆句，表示「**肯定語氣的加強**」。

例 茶泡好嘍！

例 我在這地方住了二十年嘍！

例 當然嘍！

例 這麼說，你並沒有生我的氣嘍？

例 看來，你不打算告訴我嘍！

例 好了，這些都是你的嘍！

茶泡好 嘍！

【助詞的介紹】

嘛　•ㄇㄚ

「嘛」用在陳述句或祈使句的句尾，表示「**申明、請求、勸阻等語氣**」。

例 留下來吃飯嘛。

例 別生氣嘛。

例 大家都是好兄弟嘛！

例 慢工出細活嘛！這事兒急不得的。

例 他這樣做也是合情合理嘛！

例 小鳳對媽媽撒嬌說：「好不好嘛？」

例 沒帶雨傘，你可以找個地方躲雨嘛。

用在句子末，表示「**停頓的語氣**」，具有提示下文的作用。也寫作「嗎」。

例 這個計畫嘛，應該可行。

例 你嘛，就不用親自去了。

例 就是嘛，我也這麼勸過他。

例 人嘛，不可能永遠不犯錯。

表示「**疑問的語氣**」。發音 ㄇㄚˊ

例 幹嘛？

例 你幹嘛不開燈？

例 你幹嘛老愛挑我毛病？

【助詞的介紹】

啦 ·ㄌㄚ

「啦」是「了（·ㄌㄜ）」、「啊（·ㄚ）」兩字的合音，作用同「了·ㄌㄜ」，但語氣較重。用在感嘆句，這個助詞可以表現出「**強烈確定的語氣**」。

例 我真的生氣啦！

例 比賽就要開始啦！

例 那太好啦！我跟你一起去。

例 他就是太缺乏自信啦。

例 走吧。走吧。時間不早啦！

例 吵死人啦！

例 你有了這筆錢，以後就不用愁啦！

例 好啦！好啦！不要哭啦！

例 這群孩子真是太不像話啦！

例 我的記性是越來越不好啦。

例 春天的腳步越來越近啦。

例 讚啦！

例 乾啦！乾啦！　再喝一杯！

我真的生氣啦！

【助詞的介紹】

啊 ・丫

「啊」用在感嘆句，表示「驚嘆、讚美或感嘆的語氣」。

例 好大的風啊！

例 好冷啊！

例 這味道好嗆啊！

例 隊伍好長啊！要等到什麼時候？

例 你好棒啊！一個人做完這些事。

例 他只是一個孩子啊！

　　「啊」這個語助詞會有「隨韻衍聲」的現象。也就是說，「啊」字用在句子的末尾，表示驚訝訝或感嘆的語氣，受到前一個字的字音尾韻的影響，「啊」會連音變化成「呀」、「哇」、「哪」等字。

　　1.前一個字，尾韻是ㄢ、ㄣ——「啊 ・丫」發音「哪 ・ㄋㄚ」。

例 多麼方便（ㄢ）哪！

例 我得到好幾張優惠券（ㄢ）哪！

例 你們都是死人（ㄣ）哪！

例 我們要勿忘本（ㄣ）哪！

例 哎呀，你會抽菸（一ㄢ）哪！

例 什麼原因（一ㄣ）哪！

例 玩什麼玩（ㄨㄢ）哪！

例 天上的一片雲（ㄩㄣ）哪！

例 月圓人團圓（ㄩㄢ）哪！

2.前一個字，尾韻是ㄨ、ㄠ、ㄡ──「啊 ‧ㄚ」這個字要發音「哇 ‧ㄨㄚ」。

例佩服（ㄨ）哇！

例老鼠（ㄨ）哇！

例你長得好高（ㄠ）哇！

例別走（ㄡ）哇！

例這些還不夠（ㄡ）哇！

例好糗（ㄡ）哇！

3.前一個字，尾韻是ㄧ、ㄩ、ㄚ、ㄛ、ㄜ、ㄝ、ㄞ、ㄟ──「啊 ‧ㄚ」字要發音成「呀 ‧ㄧㄚ」。

例別忘了我們都在等你（ㄧ）呀！

例花園裡的花都開了，好美麗（ㄧ）呀！

例好便宜（ㄧ）呀！

例你怎麼還沒有去（ㄩ）呀！

例真有趣（ㄩ）呀！

例雨好大（ㄚ）呀！真令人害怕（ㄚ）呀！

例是我（ㄛ）呀！

例不錯（ㄛ）呀！

例是我的（ㄜ）呀！

例大哥哥（ㄜ）呀！

例好美的綠葉（ㄝ）呀！

例姊姊（ㄝ）呀！ 奶奶（ㄞ）呀！快過來（ㄞ）呀！

例嘿（ㄟ）呀！

例對（ㄟ）呀！

例小紅花，你長得真美（ㄟ）呀！

4.前一個字是「兒化韻尾」，常發「啦　•ㄌㄚ」的音。

例好好玩兒啦！

例別挑刺兒啦！

例小事兒啦！

5.其他的，照常發「啊　•ㄚ」的音。

例同志（ㄓ）啊！

例兩枝（ㄓ）啊！

例快吃（ㄔ）啊！

例是（ㄕ）啊！今天第一天上學

例青天白日（ㄖ）啊！

例我怕這個孩子將來過苦日子（ㄗ）啊！

例寫字（ㄗ）啊！

例才第一次（ㄘ）啊！

例原來這才是你真正的意思（ㄙ）啊！

例好香（ㄤ）啊！

例刮骨療傷，那得有多痛（ㄥ）啊！

例報應（ㄥ）啊！

例我的兒（ㄦ）啊！

6 .一個省事的用法：

　　如果覺得以上的規則太複雜難記，有一個省事，「取巧」的辦法，不管前一個字是什麼韻尾，助詞一律用「啊」。這樣，當發出聲音的時候，根據前一個字的韻尾會自動帶出一個連音的變化。

　　總之，幫助驚歎語氣的助詞，只有一個「啊」字，其餘各字，都是隨著前一個字尾的韻而轉音的。

嘆詞

【歎詞】

歎詞（歎ㄊㄢˋ，通「嘆」。）用來表示說話時的「一種表情的聲音」。常獨立於句子外，不必附屬於詞和語句中。歎詞是一種表達情感或宣洩情緒的聲音，以傳聲為主，詞本身沒有什麼意思，只是一種聲音符號。

例 *啊呀*！這座橋的工程真了不起！

例 *唉*！太陽怎麼還不出來？

歎詞既然獨立於句子外，便和助詞不同，比助詞能更直接幫助詞句的語氣。或因為情緒緊張，或因為悲憤恐懼，或因為高興歡呼等所發出的聲音；這些模擬聲音的詞，在語言或文章中，成為獨立的「表情的聲音」，和句法的組織沒有關係。所以歎詞不連接在句子中，常常單獨使用，和主語、賓語、述語等，也沒有從屬關係。

歎詞亦稱為感嘆詞或驚歎詞。可分成下列幾種：

(1) 表示得意、高興

(2) 表示悲傷或痛楚

(3) 表示驚訝、讚嘆

(4) 表示憤怒、鄙視

(5) 表示領悟

(6) 表示呼喚或應答

【歎詞的介紹】（1）表得意、高興

哈！　ㄏㄚ　　從實際的笑聲轉作表示得意或驚喜的語氣。

例 哈哈 ㄏㄚ！笑死我了。

例 哈哈 ㄏㄚ！我猜到了。

例 哈 ㄏㄚ！這下有好戲看了。

例 哈 ㄏㄚ！這回我可贏了。

【歎詞的介紹】（1）表得意、高興

嘿！ ㄏㄟ 有表示驚嘆、得意的語氣。

例 嘿 ㄏㄟ！幾年不見，你的孩子長這麼大了。

例 嘿 ㄏㄟ！真幸運！

例 嘿 ㄏㄟ！這小子真棒。

例 嘿 ㄏㄟ！你最近好嗎？（用來表示打招呼或引起注意。）

嚇！ ㄏㄜˋ 表示驚嘆、不滿或疑問的語氣。

例 嚇 ㄏㄜˋ！真厲害！（表嘉獎、讚歎）

例 嚇 ㄏㄜˋ！這房子真大！（表驚歎）

例 嚇 ㄏㄜˋ！你不要太過分！（表不滿）

例 嚇 ㄏㄜˋ！怎麼這樣吝嗇！（表不滿）

【歎詞的介紹】（2）表悲傷或痛楚

唉！ㄞ　表示失望、無奈或嘆息的語氣。

例唉 ㄞ！想不到他是這麼卑鄙無恥的人！

例唉 ㄞ！好人不長命。

例唉 ㄞ！我怎麼這麼命苦。

例唉！我聽到了。（表示答應的語氣。）

【歎詞的介紹】（2）表悲傷或痛楚

哎！ ㄞ　表示驚愕、痛苦或惋惜的語氣。

例 哎 ㄞ！真想不到。（表示哀傷惋惜）

例 哎 ㄞ！糟了。（表示驚訝或不滿）

例 哎喲 ㄞ ㄧㄠ！你踩到我的腳了！

例 哎呀 ㄞ ˙ㄧㄚ！我又忘了帶錢！

唷！ ㄧㄛ　表示正承受痛苦的語氣。

例 唷 ㄧㄛ！痛死了！

例 唷 ㄧㄛ！我要死了！

例 哎唷 ㄞ ㄧㄛ！

嗚呼！ ㄨ ㄏㄨ　表示悲傷的語氣。

例 嗚呼哀哉！

【歎詞的介紹】（2）表悲傷或痛楚

噯！ ㄞˋ　表示傷感、惋惜、懊惱或驚訝的語氣。

例 噯 ㄞˋ！怎麼會有這樣的事。

例 噯 ㄞˋ！真可惜！（表示傷感或惋惜）

例 噯 ㄞˋ！這樣不對。（表示否定）

咳！ ㄏㄞ　表示後悔、感傷的語氣。

例 咳 ㄏㄞ！這麼重要的事，我怎麼忘了！

例 咳 ㄏㄞ！好可惜！

例 咳 ㄏㄞ！怎麼壞掉了！

嘻！ ㄒㄧ　表示悲痛或驚懼的嘆詞。

例 嘻 ㄒㄧ！悲夫！

例 噫嘻 ㄧˋㄒㄧ！悲哉！（噫 ㄧˋ，表示驚嘆的語氣。）

注意！狀聲詞「嘻」字也發「ㄒㄧ」音，是指笑聲。狀聲詞語助詞
　　　的用法不同。狀聲詞是模擬事物聲音的一種詞彙，用來表示
　　　聲音，與字義無關。

【歎詞的介紹】（3）表訝異、讚嘆

咦！ㄧˊ 表示驚訝、疑問的語氣。

例 咦 ㄧˊ！你什麼時候來的？

例 咦 ㄧˊ！好奇怪。

例 咦 ㄧˊ！這是怎麼回事？

【歎詞的介紹】（3）表訝異、讚嘆

【歎詞的介紹】(3)表訝異、讚嘆

啊！ㄚ 表示驚訝、讚嘆的語氣。

例 啊 ㄚ！失火了。

例 啊呀 ㄚ ㄧㄚ！是你！（表示驚訝）

例 啊哈！贏了。

例 啊 ㄚ！你說什麼？（表示疑問或反問的語氣。）

例 啊 ㄚ！這件事情難道是……。（表示疑問或反問的語氣。）

例 啊 ㄚˋ！對了，是他。（表示忽然明白了。發音 ㄚˋ）

呵！ㄏㄜ 表示驚嘆的語氣。

例 呵 ㄏㄜ！好大的西瓜！

例 呵 ㄏㄜ！跑得這麼快！

例 呵 ㄏㄜ！唱得真好！

【歎詞的介紹】（3）表訝異、讚嘆

喲！ 一ㄠ　　表示驚訝、讚嘆的語氣。

例 喲 一ㄠ！沒想到他也會來。

例 喲 一ㄠ！你可來了。

例 喲 一ㄠ！你有這麼多書！

例 喲 一ㄠ！好漂亮的房子！

喝！ ㄏㄜˋ　　表示驚訝的語氣。

例 喝 ㄏㄜˋ！他居然也在這兒。

例 喝 ㄏㄜˋ！這麼多人。

例 喝 ㄏㄜˋ！你也來了。

例 喝 ㄏㄜˋ！突然下這麼大的雨。

【歎詞的介紹】（3）表訝異、讚嘆

呦！ㄧㄡ　表示驚訝的語氣。

例 呦 ㄧㄡ！這孩子真有出息。

例 呦 ㄧㄡ！你怎麼來了？

例 呦 ㄧㄡ！你太客氣了。

例 呦 ㄧㄡ！我的老天！

嘎！ㄚˊ　表示疑問或反問的感嘆詞。

例 嘎ㄚˊ！有這種事？

例 嘎ㄚˊ！你說什麼？

例 嘎ㄚˊ！他真的這樣說？

例 嘎ㄚˊ！你要走了？

【歎詞的介紹】（4）表憤怒、鄙視

哼！ ㄏㄥ 　表示憤怒、不滿或輕視的語氣。

例哼 ㄏㄥ！有什麼稀罕？

例哼 ㄏㄥ！真是太不像話了！

例哼 ㄏㄥ！太過分了！

【歎詞的介紹】（4）表憤怒、鄙視

呸！
ㄆㄟ　　表示憤怒或鄙斥罵人的語氣。

例 呸 ㄆㄟ！這簡直是一派胡言！

例 呸 ㄆㄟ！你算老幾？

啐！
ㄘㄨㄟˋ　　表示鄙夷或憤怒的語氣。

例 啐 ㄘㄨㄟˋ！像他這種好吃懶做的人也想成功？

例 啐 ㄘㄨㄟˋ！不要臉。

噓！
ㄒㄩ　　表示制止或驅逐的語氣。

例 噓 ㄒㄩ！別出聲。

例 噓 ㄒㄩ！小聲一點。

【歎詞的介紹】（5）表示領悟

喔！

喔！ ㄛ　表示了解的語氣。

例 喔 ㄛ！原來是這麼一回事。

例 喔 ㄛ！我懂你的意思。

例 喔 ㄛ！我了解了。

例 喔 ㄛ！原來如此。

【歎詞的介紹】(5) 表示領悟

噢！ ㄡˋ　表示已經明白的語氣。

例 噢 ㄡˋ！原來是這樣。

例 噢 ㄡˋ！要下雨了。

例 噢 ㄡˋ！要下課了。

哦！ ㄛˊ　表示驚悟或領會的語氣。

例 哦 ㄛˊ！您就是王先生。

例 哦 ㄛˊ！原來如此。

例 哦呵 ㄛˊ ㄏㄜ！來了這麼多的人！

【歎詞的介紹】 (6)表示呼喚或應答

喂！ ㄨㄟˋ 招喚人的語氣。

例喂 ㄨㄟˋ！你要去哪裡？
例喂 ㄨㄟˋ！老李。

【歎詞的介紹】(6)表示呼喚或應答

嗨！ ㄏㄞ　打招呼或引起注意。（為英文 hi 的音譯。）

例 嗨 ㄏㄞ ！好久沒看到你了。

例 嗨 ㄏㄞ ！你來了。

例 嗨 ㄏㄞ ！真壯觀！（表示驚訝）

例 嗨 ㄏㄞ ！可惜！可惜！（表傷感、惋惜、驚訝的語氣。通「咳 ㄏㄞ」）

嗯！ ˙ㄣ　表示答應的語氣。

例 嗯 ˙ㄣ ！好吧！

例 嗯 ˙ㄣ ！就這麼做吧！

例 嗯 ˙ㄣ ！事情怎麼會這樣！（表示不以為然或出乎意料的語氣）

例 嗯 ˙ㄣ ？這裡發生了什麼事？（表示疑問的語氣）

【主語的種類】

　　句子，可以由簡單慢慢變複雜，除了名詞，其他詞類可以當**主語**嗎？主語的種類共分成六種。說明如下：

1.名詞做主語

例 **時間**過得真快。（「時間」是主語。）

例 台灣的**樹**，大半是常綠的，不易凋謝。（「樹」是主語。）

例 **甘蔗**可以榨糖。（「甘蔗」是主語。）

例 那**家**有六個人。（「家」是主語。）

2.代名詞做主語

例 **他**長久以來的習慣，每天都喝一杯檸檬水。（「他」是主語。）

例 **什麼**是人為的破壞？（「什麼」是主語。）

例 **我們**是學生。（「我們」是主語。）

例 **誰**來了？（「誰」是主語。）

3.形容詞做主語

例 **美麗的**都討人喜歡嗎？（「美麗的」是主語。）

例 **贏的**應該驕傲嗎？（「贏的」是主語。）

例 **輸的**要洗碗。（「輸的」是主語。）

例 **打架的**留下來。（「打架的」是主語。）

例 **舊的**放一邊。（「舊的」是主語。）

（接上頁）

4. 動詞做主語 （將動詞當作名詞用）

例 散步可以促進血液循環。（「散步」是主語。）

例 死，沒什麼可怕的。（「死」是主語。用逗點區隔，是強調語氣。）

例 游泳是我最喜歡的運動。（「游泳」是主語。）

例 跳舞可預防腦退化。（「跳舞」是主語。）

5. 子句做主語

例 你能想什麼方法幫助他呢？（「你能想什麼方法」是主語。）

例 「知識就是力量」是一句名言。（「知識就是力量」是主語。）

例 有人關心你是最大的幸福。（「有人關心你」是主語。）

例 颱風何時來是大家關心的事。（「颱風何時來」是主語。）

6. 複主語和同位複主語

（兩個以上的詞當作主語，叫做複主語。後一主語和前一主語的位置相同，叫做同位複主語。）

例 紅色、綠色、藍色是三原色。（「紅色、綠色、藍色」三個名詞作複主語。）

例 飲料、爆米花是看電影的好搭檔。（「飲料、爆米花」兩個名詞是複主語。）

例 三民主義──民族、民權、民生，是不可分割的。（同位複主語，先總後分。）

例 桃園三兄弟，劉備、關羽、張飛，都出席了。（三兄弟和劉備、關羽、張飛是同位複主語。）

【主語的位置】

詞、語在句中，本來有一定的位置：

一、主語在前，述語在後。

例 我 跑 。
　　主語　述語

二、述語在前，賓語、補足語在後。

例 媽媽 抱 娃娃 。
　　主語　　述語　　賓語

三、形容詞、副詞在前，被修飾的詞在後。

例 溫柔的 媽媽 小聲地 安撫著 娃娃 。
　　形容詞　主語　副詞　述語　賓語

　　這是中國語言在使用上，詞類的擺放順序。若將它們的位置變動，叫做 **變位**。

　　主語在句首，叫做**正位**：主語若是變動了位置，不在句首時就叫**變位**。

　　變位的理由是：加強語氣、避免累贅，把強調的部分提到前面的位置，或是因為前面的附加語太長了要移後等。

【變位的主語】

有幾種情況，主語不在句首，說明如下：

1. 主語夾在述語之間　　這種用法主要使用在複合動詞時。

變位：例 外面走進**一個人**來。

正位：例 **一個人**從外面走進來。

變位：例 關起**門**來。

正位：例 **門**關起來。

變位：例 吹起**哨子**來。

正位：例 **哨子**吹起來。

【變位的主語】

有幾種情況，主語不在句首，說明如下：

2.主語在述語後面

2-1 用來說天氣　習慣上主語在述語後面。

變位：例刮了兩日**風**，又下了幾陣**雪**。

正位：例**風**刮了兩日，**雪**下了幾陣。

變位：例起**風**了，下**雨**了。快響**雷**了。

正位：例**風**起了，**雨**下了，**雷**快響了。

2-2 感嘆句　因為口氣急迫或匆促，主語常在述語後面。述語後面一定用驚嘆詞或驚嘆句。

變位：例來啊！**張三**！

正位：例**張三**！來啊！

2-3 疑問句　把重視的疑問詞、語提前，或急切地發問，常用在口語中，帶著疑問助詞。

變位：例來了嗎？**阿湯哥**！

正位：例**阿湯哥**來了嗎？

變位：例想玩嗎？**誰**？

正位：例**誰**想玩？

（接上頁）

2-4 有無句　「有、無」表示存在或不存在，在習慣上會將主語移後。

變位：例 樹上有一隻**松鼠**。

正位：例 樹上**一隻松鼠**有。（不變位反而不順嘴）

變位：例 這裡沒有你的**東西**。

正位：例 這裡你的**東西**沒有。（不變位反而不順嘴）

2-5 加重語氣或強調後半句

變位：例 紅了**櫻桃**，綠了**芭蕉**。（加強語氣）

正位：例 **櫻桃**紅了，**芭蕉**綠了。

變位：例 未免說得太過火了，**你的話**。（強調後半句）

正位：例 **你的話**未免說得太過火了。

【變位的主語】

有幾種情況，主語不在句首，說明如下：

3. 主語在賓語後面

因為重視賓語，所以將賓語提前，主語移到後面。這種用法在白話文中用得比文言文多。

3-1 賓語含指示代名詞

變位：例 這個**我**不要，那個**我**要。

（我是主語，這個、那個是賓語）

正位：例 **我**不要這個，**我**要那個。

變位：例 這些話，**你**從哪裡聽來的？（這些話是賓語）

正位：例 **你**從哪裡聽來的這些話？

3-2 兩事對比　兩個對比的賓語，可以提前。

變位：例 喜歡的食物**他**吃，不喜歡的食物**他**也吃。

（食物是賓語）

正位：例 **他**吃喜歡的食物，**他**也吃不喜歡的食物。

3-3 賓語提前　因為重視賓語，將賓語提前，

變位：例 金錢**我**可以犧牲，名譽**我**不可以犧牲。

（金錢、名譽是賓語）

正位：例 **我**可以犧牲金錢，**我**不可以犧牲名譽。

變位：例 這本書，**我**已經讀完了。（書是賓語）

正位：例 **我**已經讀完了這本書。

（接上頁）

4.被動式的句子，主語變位

這樣的句型，既可以當作「被動式」看，也可以說是變位。

①變位：例我　被　媽媽　罵。→正位：他罵我。
賓語—（被）主語——動詞

②變位：例你　為　他　所　利用了。→正位：他利用了你。
賓語—（為）主語—（所）動詞

【省略主語】

從上下文的結構和文章的意思，我們可以得知主語常常被省略。省略主語的用法可分成幾種：（下列的例句，述語用紅體字顯示）

1. 對話時，省略主語

例（　）快*來* 吧！（*來*是述語，省略主語）

例（　）昨天剛*到*家。（*到*是述語，省略主語）

例（　）才*來*不久吧？（*來*是述語，省略主語）

2. 承上省略

主語相同的一連串句子裡，第一句用主語，其餘各句皆可以省略。下面例句中，（　）表省略的主語。

例**她***來*了，（　）又*去*了，（　）明天不再*來*了。

例**他***走*到公園，（　）看見旁邊有個垃圾桶，把空罐丟進垃圾桶。

例**我的爸爸**是個計程車司機，（　）個子不高，（　）很愛說話，（　）身材較胖，（　）卻非常敏捷。

3. 錯雜省略

可說是承上省略的一種。

例（　）*奉勸*你不要喝酒；你總*說*；（　）*聞*酒的香味便*想喝*，（　）怎麼辦？（省略我、你、你說）

例前年予*病*，汝終宵*刺探*，（　）*減*一分則（　）*喜*，（　）*增*一分則（　）*憂*。（省略我的病、汝、我的病、汝）

4. 概括性省略

主語是任何人，或不必說出來的人，皆可省。

例*禁止*吸菸！（誰禁止不必說出來）

例歡迎*參觀*。（任何人都歡迎。也可以說「歡迎參觀」的前、後，省略了「本校、本公司、本店……」

（接上頁）

5.習慣不用或不提及

　　　敘述某種變化，因為不知道是什麼人的動作，習慣上不用主語，只用述語。

例 *開*演了。（這場戲不知由誰開演，習慣不說主語）

例 *失火*了。（這場火不知是誰造成的，習慣不說主語）

例 *學*如逆水行舟，不*進*則*退*。（誰學，誰進，誰退，不必提及主語）

6.主賓語同時省略

　　　在說話或寫文章時，習慣上省略主賓語。

例 *謝謝*！（我謝謝你！）

例 *恭喜*！（我恭喜你！）

例 改日再*陪*！（我改日再陪你！）

例 你*是*學生嗎？**是**。（回答「是、不是」前後，常省略主語和賓語。「我是學生」的我、學生被省略了。）

7.賓語兼主語用

例 陳先生*問*他，（　）最喜歡什麼人的小說。（他是賓語，兼「最」字前面的主語）

例 主持人*問*觀眾，（　）最喜歡哪一位明星？（觀眾是賓語，也兼「最」字前面的主語）

【句法】

在第六單元的最後已經說明了句法，以及如何圖解句子的結構。為了方便讀者查詢，有一部分的資料重複在下面幾頁：

句子是由詞或短語所組成的，如果要探究句子中每個詞所擔任的職務是什麼，需要把句子分解為幾個部分，也就是「句子的成分」。整體來說，「句子的成分」幫助我們了解「句子組織的方法」，簡稱「句法」。

一個完整思想的句子，可分成六個部分來說明。

(1)主語　(2)述語 ……………………………………主要的成分

(3)賓語　(4)補足語 …………………………………連帶的成分

(5)形容附加語(6)副詞附加語…………………………附加的成分

主語、述語、賓語、補足語，是句子的主要成分與連帶成分。

「補足語」和「賓語」是屬於「述語」的「連帶的成分」，會隨著「述語（動詞）」的變化而有所不同。所以「賓語」和「補足語」要跟「述語」一起看。

之前在介紹內動詞、外動詞、同動詞時，把「賓語」和「補足語」與「述語」分開介紹，是為了要讓大家先弄清楚「句子的成分」。

例 這朵花 是 紅的 。(紅色字體是述語)
　　　　同動詞　補足語

例 這棵樹的葉子真 是 鮮綠可愛 。(紅色字體是述語)
　　　　　　　同動詞　　補足語

例 她的面色 好像 紅潤了一些 。(紅色字體是 述語)
　　　　　同動詞　補足語

例 她 有 二十五歲 了。(紅色字體是 述語)
　　同動詞　補足語

【用圖解的方式來說明文法】

下面這種圖解的方式，可以幫助你更容易看懂句子的結構。

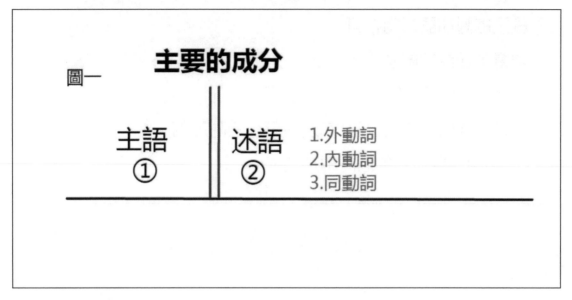

使用下列步驟：

1. 先劃一條主要的橫線，上面加兩條主要的垂直線。（如圖一）

2. 把**主語**填在①的位置，**述語**填在②的位置。

3. 再看清楚**述語**是那一種動詞，決定它後面是否有連帶的部分。

4. 連帶的成分在橫線上：賓語作垂直線，補足語作右斜線。（如圖二）

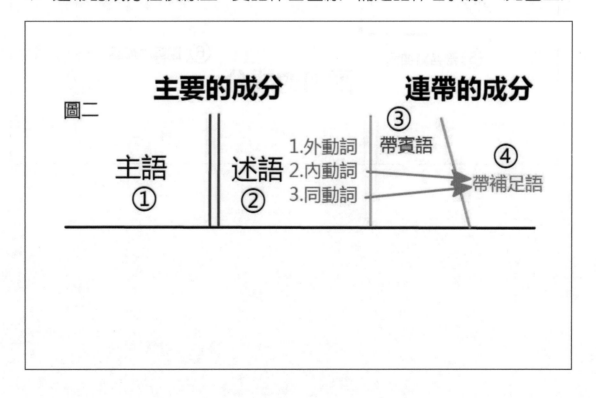

5. 附加的成分一律填在下方，左邊是形容附加語，右邊是副詞附加語。（如圖三）

6. 形容詞一律左斜，用形容詞尾 「的」字的形容語向左折。

7. 副詞的附加語都向右斜。

　　填寫附加語的順序如下：

　　a. 先填上**主語**所有的形容附加語。

　　b. 再看**賓語**（或補足語）有沒有形容的附加語。

　　c. 再填述語所有的副詞附加語。

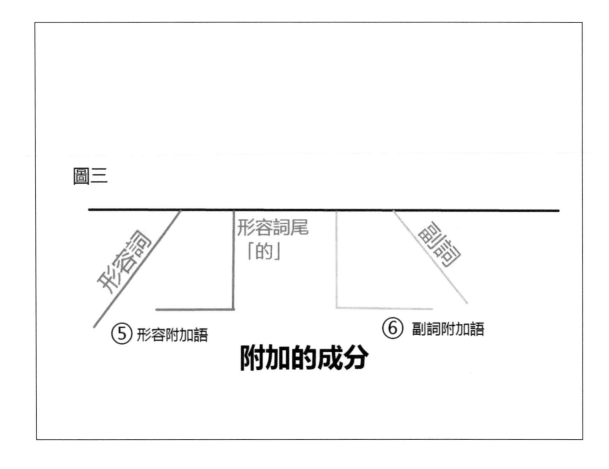

單句圖解法的圖示如下：

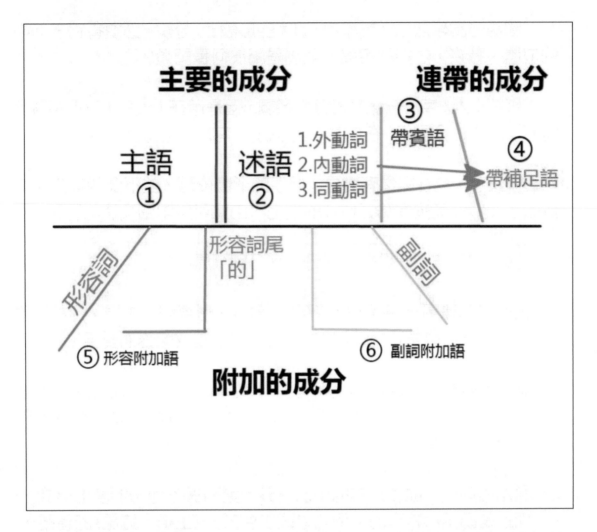

> 再次強調，不要死記硬背這些文法的用語。學習文法最主要的目的是為了幫助你能理解溝通的內容。

第一步，找出主語、述語。

第二步，找出賓語或補足語。

第三步，找出哪些詞是用來修飾的？

修飾**實體詞**的，就是「形容的附加語」。修飾**述語**的，就是「副詞附加語」。

只要能找出這六種成分，句子就變得很簡單了。

【詞類與句法的關係】

國語的詞類無法從詞本身（即字的形體上）分辨，必須看它在句中的位置、職務，才能認定這一個詞是屬於何種詞類。

譬如「人」字，一看就知道是名詞，但是用在「人參」或「人魚」時，「人」當形容詞用。在古文中，「人」字有時候也當動詞或副詞用。

中文字，詞性雖然有變更，但字的形體依舊，並不像西洋文字有詞頭（Prefix）或詞尾（Suffix）的變化。由此可見中國文法的特質。

國語的句法，先從**句的成分**上來分別，原因有三：

1. 國語的九種詞類（名詞、代名詞、動詞、形容詞、副詞、介詞、連詞、助詞、歎詞），會隨它們在句中的位置或職務而變更。

2. 詞類的變更，不像西洋文字有詞頭或詞尾的變化，或是從詞尾上表示陰陽性、單複數或時間等等的區別；所以中文詞類本身並沒有繁重的規律。

3. 通用的句法，除了正式的用法之外，還有很多句法的變化形式，而且是國語所特有的；例如省略主要成分（主語、述語）的省略，位置的顛倒等。

因為詞類會隨著位置或職務而變動，所以中文的文法，特別重視句法。這是國語的文法和西方文法一個大不相同的地方。

以「詞類」來區分：　小明　踢　球。
　　　　　　　　　　名詞　動詞　名詞

以「句法(句子的結構)」來區分：　小明　踢　球。
　　　　　　　　　　　　　　主語　述語　賓語

【附加的成分──形容附加語】

什麼是附加語呢？這是句法上的一種稱呼。凡是名詞或代名詞，無論是擔任主語、賓語、或補足語的職位，都可以添加一種「形容附加語」來修飾或限制它。

例如：

工人　修造　橋。
名詞　　述語　　名詞

在**實體詞**前面添加形容詞後，變成：

許多　強壯的　工人　修造　一座　長的　鐵　橋
形容詞　形容詞　　名詞　　述語　　形容詞　　形容詞　形容詞　名詞

圖示如下：

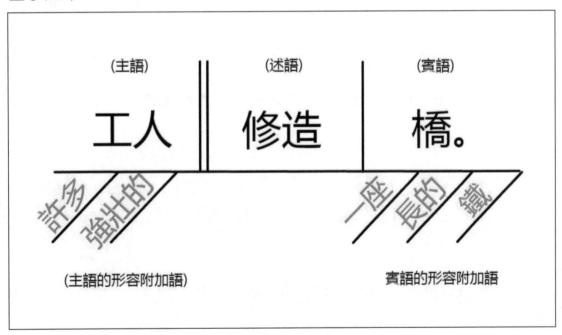

我們可以這樣說：「許多+強壯的」是工人的「形容附加語」，「一座+長的+鐵」是**橋**的「形容附加語」。

還有一種形容附加語，**藉由添加「的」字，將一切名詞、代名詞等實體詞（包含一切語、句）都化成形容詞性，作為其他實體詞之附加語。**如「平漢鐵路局**的**」 工人修造「黃河上**的**」鐵橋。

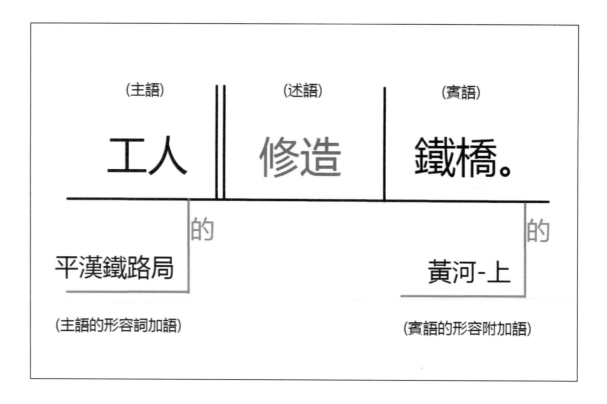

只要是用來修飾**實體詞**的一切語、句，都稱為「形容附加語」。

注意：

雖然「鐵橋」的「鐵」字是**名詞**轉為**形容詞**，但由名詞轉成形容詞的數量相當多，也不必再分析為兩種詞類，直接當成是一個複合名詞即可。

由此也證明，凡是用在**實體詞**的 *附加語* 位置的，都可當成形容詞看。

【附加的成分──副詞附加語】

　　當句子中的述語，需要加以修飾時，那就是副詞的職務了。所以這種附加的部分，叫做「副詞附加語」。

　　例如：

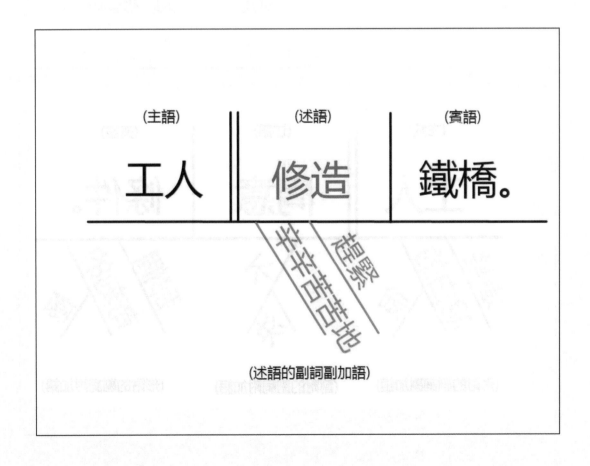

（述語的副詞副加語）

「副詞」除了能修飾動詞，還可以修飾「形容詞」和其他「副詞」。所以「副詞附加語」不限於附在**述語**上，句子中的形容詞或副詞，要是附有副詞來修飾它，所附的副詞也叫副詞附加語。

例如：

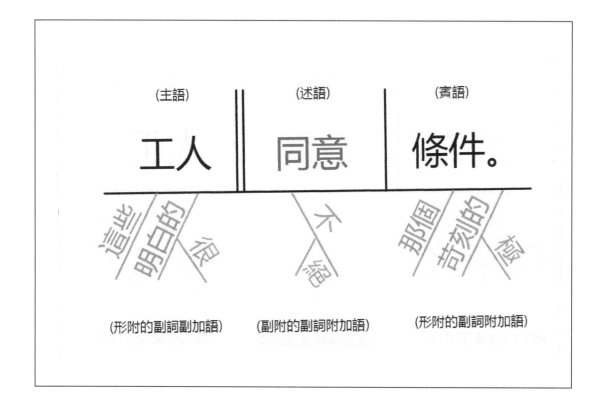

【名詞用作副詞附加語】

　　一切的名詞、代名詞等實體詞（以及一切語、句），都可以因為**介詞**的介紹，附加到述語上來修飾或增加這個述語的意義。這種被介紹的實體詞，都化成了副詞性，成為**述語**的**副詞附加語**。例如：

工人　修造　鐵橋。

主語　　述語　　賓語

加副詞附加語後，

工人*當*炎熱的**天氣**，*在*黃河的兩**岸**，*替***我們**修造鐵橋。

（*當*、*在*、*替*，是介詞，**天氣**、**岸**、**我們**，是實體詞）

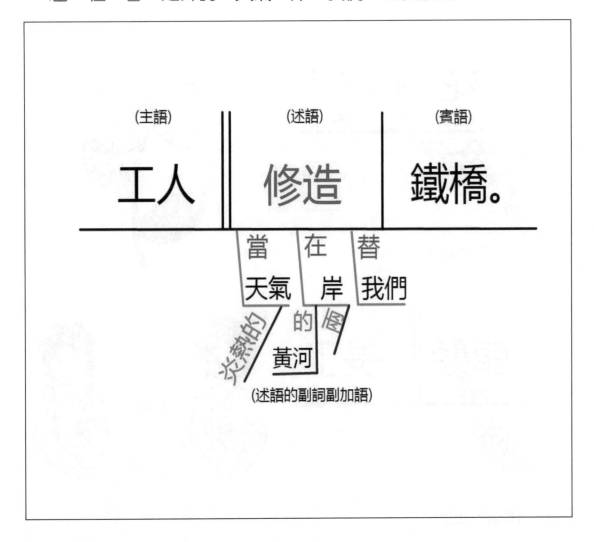

(述語的副詞副加語)

【更多的中文基本句型】

第四單元已經介紹了七種基本句型，額外再介紹四種：

第八種、形容附加語

句子中的主語、賓語、補足語，如果是實體詞，前面都可以有形容附加語，來修飾它的意思。

主語有「形容附加語」：

例 美麗的花開了。（美麗的用來形容**花**）

例 烏黑的頭髮長了。（烏黑的用來形容**頭髮**）

例 皎潔的月亮出來了。（皎潔的用來形容**月亮**）

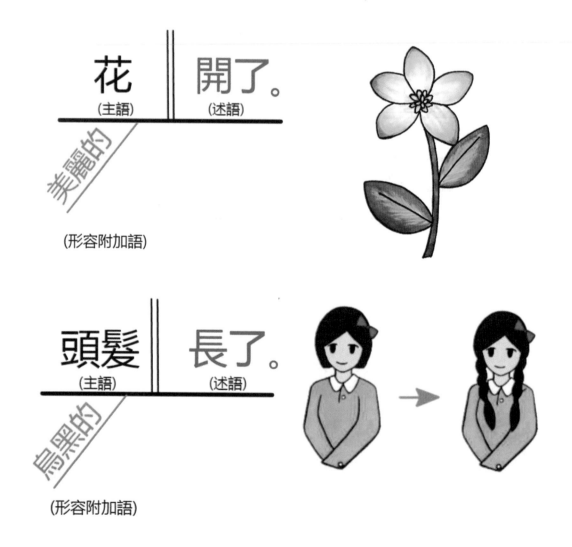

賓語有「形容附加語」：

例 許多學生觀賞一幅圖畫。（一幅修飾賓語「圖畫」）

例 這位朋友聽過這本小說。（這本修飾賓語「小說」）

例 媽媽買新鮮的魚。（新鮮的修飾賓語「魚」）

例 我抱著膽小的兔子。（膽小的修飾賓語「兔子」）

例 哥哥丟棄壞掉的鞋子。（壞掉的修飾賓語「鞋子」）

例 昂貴的衣服需要小心的照顧。（小心的修飾賓語「照顧」。）

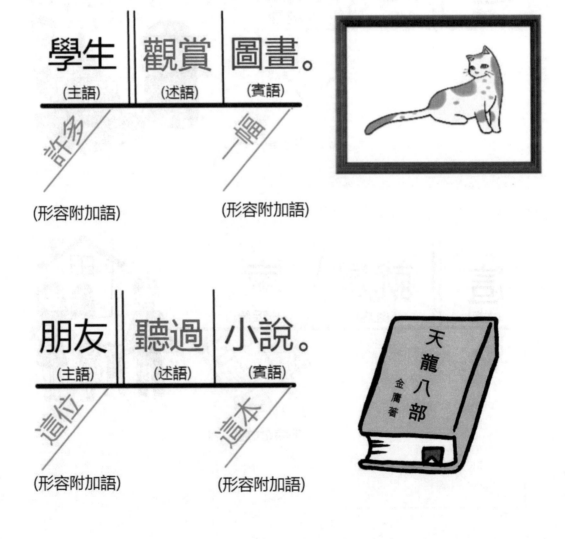

補足語有「形容附加語」：

例 這是什麼東西？（什麼用來形容**東西**）

例 這就是我可愛的家。（我、可愛的用來形容**家**）

例 他是一位好學生。（一位、好用來形容**學生**）

例 這杯奶茶含有多少糖？（多少用來形容**糖**）

這（主語）　是（述語）　東西？（補足語）

什麼

（形容附加語）

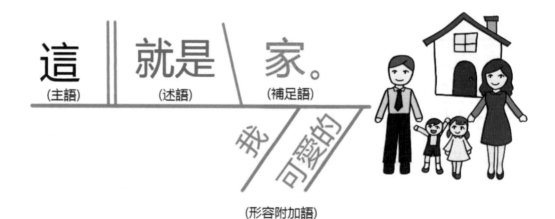

這（主語）　就是（述語）　家。（補足語）

我　可愛的

（形容附加語）

「形容附加語」通常是附加在實體詞的前面，但有時候也會附加在實體詞的後面：

例 我每天抽菸一包。（一包用來形容「菸」）

例 他每天飲酒三杯。（三杯用來形容「酒」）

例 全世界有人口七十七億。（七十七億用來形容「人口」）

例 她買了一件衣服，很漂亮。（一件、很漂亮用來形容「衣服」）

例 那個老頭，頭髮很白，鬍子很長，就是王老先生。（頭髮很白、
　　鬍子很長用來形容「老頭」）

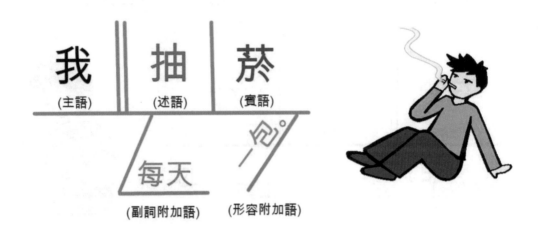

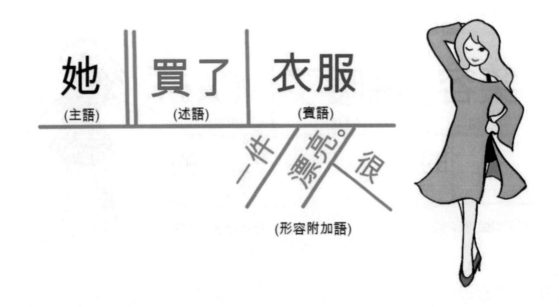

　　形容附加語不一定都使用形容詞。一個名詞或代名詞，也可以藉由介詞「的」字或「之」字，與另一個名詞產生關係，可用來限制或修飾它。這樣的用法和形容詞的作用相同。

　　例如：「弟弟的手握著綠色的球」，主語「手」是名詞，「弟弟」也是名詞，使用介詞「的」字把「手」聯繫在「弟弟」上，表示手是屬於弟弟的，所以「弟弟的」是形容附加語。

例 弟弟的手握著綠色的球。（弟弟的、綠色的當形容詞用）

例 她的笑容溫暖了我的心。（她的、我的當形容詞用）

例 父親的父親是自己的祖父。（父親的、自己的當形容詞用）

例 紅色的屋頂是我家的房子。（紅色的、我家的當形容詞用）

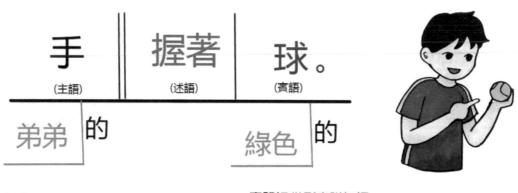

手（主語）｜｜握著（述語）｜球。（賓語）

弟弟 的

綠色 的

實體詞 做形容附加語　　　　　**實體詞** 做形容附加語

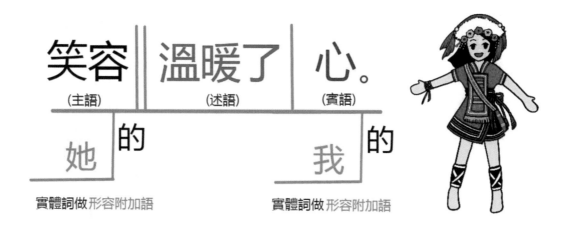

笑容（主語）｜｜溫暖了（述語）｜心。（賓語）

她 的

我 的

實體詞 做 形容附加語　　　　　**實體詞** 做 形容附加語

【更多的中文基本句型】

第九種、副詞附加語

句子中的述語，可以附有副詞來限制或修飾它的意思，這些副詞叫做「副詞附加語」。

例 我安靜地寫作業。（安靜地修飾述語「寫」。）

例 大家都認真工作。（都、認真修飾述語「工作」。）

例 孩子們乖乖地看書。（乖乖地修飾述語「看」。）

例 我不太想答應你。（不、太修飾述語「想答應」。）

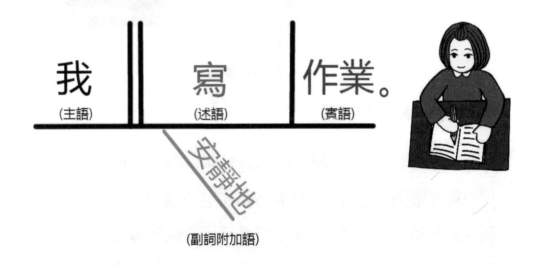

　　「副詞附加語」並不是只有修飾述語，也可以修飾形容詞/形容語。只要是用來修飾形容詞的，也可以稱為「副詞附加語」。

　　「副詞附加語」修飾**賓語**前面的形容詞：

例 我得到超級**大**獎。（超級修飾形容詞「大」。）

例 獵狗追趕非常**狡猾的**狐狸。（非常修飾形容詞「狡猾的」。）

例 竊賊偷走極**珍貴的**東西。（極修飾形容詞「珍貴的」。）

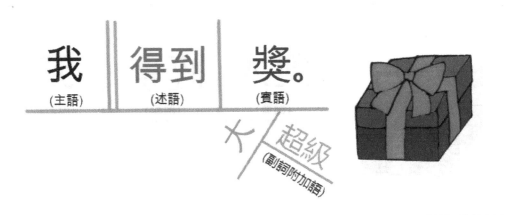

　　「副詞附加語」也可以修飾**補足語**前面的形容詞：

例 他是很強壯的人。（很修飾**強壯的**，「人」是補足語）

例 天色是漸漸陰暗了。（漸漸修飾補足語**陰暗了**）

例 貓是非常愛乾淨的。（非常修飾補足語**愛乾淨的**）

例 夏天是非常熱的季節。（非常修飾補足語**熱的季節**）

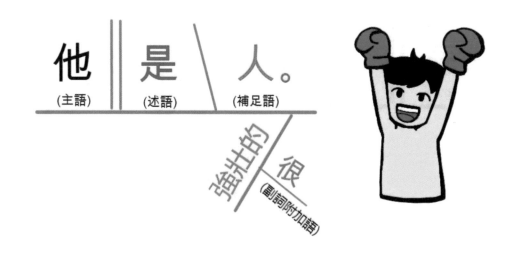

「副詞附加語」也可以修飾**賓補語**：

例 你叫他趕快回來！（趕快修飾賓補語-動詞**回來**。）

例 我不許你亂說。（亂修飾賓補語-動詞**說**。）

例 媽媽厭惡孩子不認真。（不修飾賓補語-形容詞**認真**。）

例 爸爸鼓勵兒子更加勇敢。（更、加修飾賓補語-形容詞**勇敢**。）

例 他罵背叛者不是人。（不是修飾賓補語-名詞人。）

例 她叫女兒為乖乖小寶貝。 （乖乖、小修飾賓補語-名詞**寶貝**。）

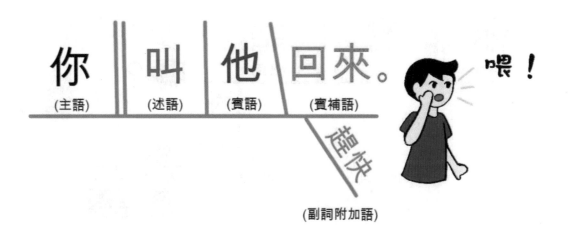

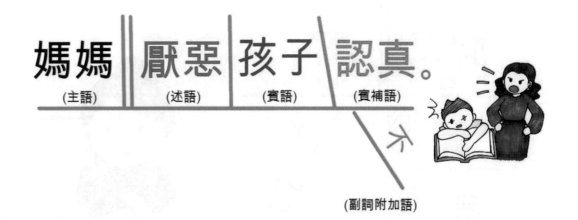

「副詞附加語」，也可以附加在後面：

例 你聽明白我的話嗎？（明白修飾述語「聽」）

例 我媽的脾氣好極了。（極修飾述語「好」）

例 你去看一看他吧。（看一看他修飾述語「去」）

例 他摔了個四腳朝天。（個四腳朝天修飾述語「摔了」）

例 他說話客客氣氣的。（客客氣氣的修飾述語「說」）

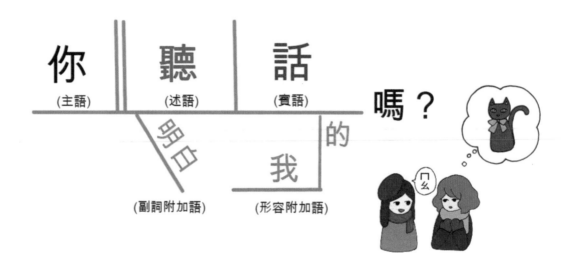

你（主語）｜｜聽（述語）｜話（賓語）　嗎？

明白（副詞附加語）　我 的（形容附加語）

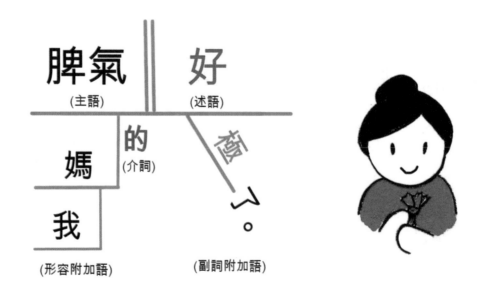

脾氣（主語）｜｜好（述語）

媽 的（介詞）　極 了。（副詞附加語）

我（形容附加語）

後附的「副詞附加語」前面，有時會用一個特別介詞「得」字。

例他坐得很正。（得很正修飾述語「坐」）

例這些孩子玩得很開心。（得很開心修飾述語「玩」）

例他說話快得誰都聽不清楚。（得誰都聽不清楚修飾副詞「快」）

例他高興得不知道先邁哪條腿了。（得不知道先邁哪條腿修飾述語「高興」）

【更多的中文基本句型】

第十種、實體詞作副詞附加語

副詞附加語不一定都是使用副詞；一個**實體詞**（名詞、代名詞）可以由**介詞**連繫在一個**動詞**上，當作副詞附加語。

例 老師用**粉筆**寫字。（用粉筆是副詞附加語，名詞**粉筆**）

（介詞「用」把名詞「粉筆」連繫在動詞「寫」上面。）

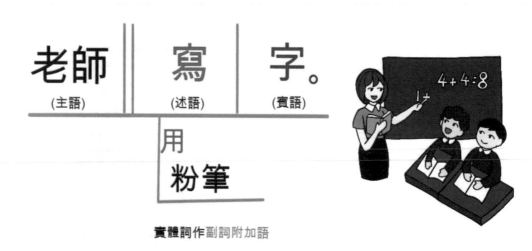

實體詞作副詞附加語

例 學生在教室讀書。（在教室是副詞附加語。）

（介詞「在」把名詞「教室」連繫在動詞「讀」上面。）

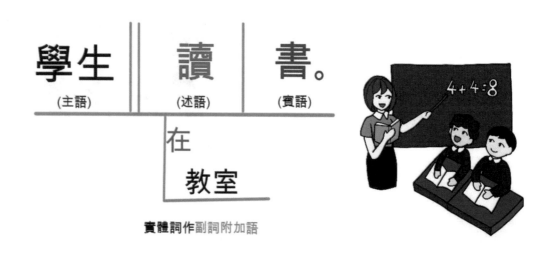

實體詞作副詞附加語

名詞由**介詞**連繫在動詞作「副詞附加語」，常附在動詞前面。

例 她為什麼不來呢？（為什麼、不，是副詞附加語，**介詞**為）

例 她比誰都漂亮呢！（比誰都是副詞附加語，**介詞**比）

例 小明因病請假。（因病是副詞附加語，**介詞**因）

例 誰在那裡吵鬧？（在那裡是副詞附加語，**介詞**在）

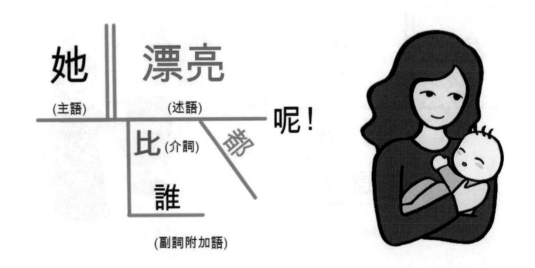

介詞把名詞連繫到動詞上作「副詞附加語」，也可附在動詞後面：

例 羊毛出在羊身上。（在羊身上是副詞附加語。）

例 你坐在這裡吧。（在這裡吧是副詞附加語。）

例 他住在台北。（在台北是副詞附加語。）

例 你等到什麼時候？（到什麼時候是副詞附加語。）

羊毛（主語）｜｜出（述語）
在（介詞）
羊-身上。
（副詞附加語）

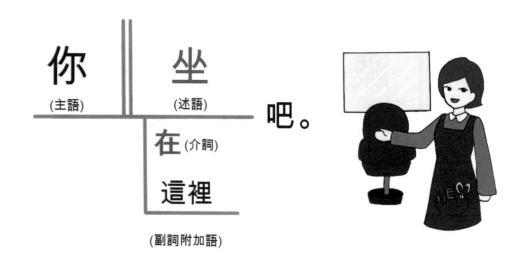

你（主語）｜｜坐（述語）　吧。
在（介詞）
這裡
（副詞附加語）

名詞作「副詞附加語」，也可以移到賓語的後面：

例 你等他到什麼時候？（到什麼時候是副詞附加語。）

例 他送一本書給我。（給我是副詞附加語。）

例 我報告你一個消息。（一個消息是副詞附加語。）

　　有些外動詞後面可以有兩個賓語，一個表物體，是直接賓語（或稱**正賓語**），一個表人，是間接賓語（或稱**次賓語**）。間接賓語可以看作實體詞作「副詞附加語」。

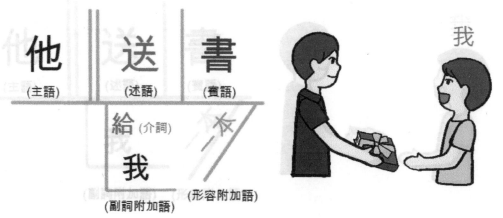

【更多的中文基本句型】

第十一種、似賓語的副詞附加語

名詞作「副詞附加語」，有的不用「介詞」來連繫，而是直接附加在動詞後面，形式上好像是個賓語。

例 他站了兩小時。（兩小時是副詞附加語。）

例 他在旅館住了三天。（三天是副詞附加語。）

例 你坐車，我走路。（車、路是副詞附加語。）

例 我在高雄，你在台北。（高雄、台北是副詞附加語。）

這些句子的動詞都是內動詞，不需要賓語。後面的名詞是「副詞附加語」，也被稱為「副詞性賓語」，大都用來表示時間或地點。

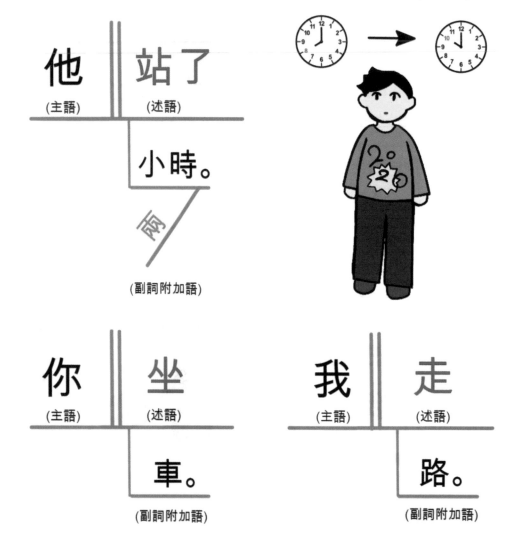

表時間或地位的名詞作「副詞附加語」時，常用在句首。

例明天我去釣魚。（明天是副詞附加語。）

例屋裡誰吸菸？（屋裡是副詞附加語。）

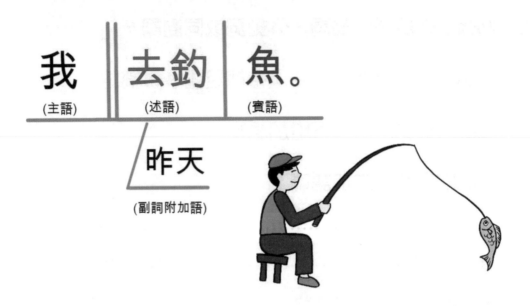

「副詞附加語」在句首的時候，主語常移到述語後面。

例牆上掛了許多畫。（牆上是副詞附加語，畫是主語。）

例今天來了一位新同學。（今天是副詞附加語，新同學是主語。）

例圖書館有許多書。（圖書館是副詞附加語，書是主語。）

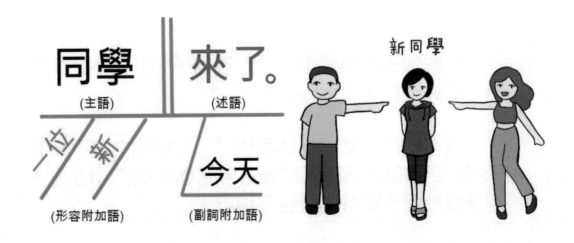

【如何分析句子的結構？】

1. 先找出句子的**主語**和**述語**。

2. 判斷出述語是**內動詞**、**外動詞**或**同動詞**？

3. 述語後面帶**賓語**嗎？或是帶**補足語**、**賓補語**？

4. 主語或賓語附有**形容附加語**嗎？

5. 述語附有**副詞附加語**嗎？

主語、述語 ……………………………………主要的成分

賓語、補足語 …………………………………連帶的成分

形容附加語、副詞附加語………………………附加的成分

這六個部份就能構成一個能表達完整思想的單句。

只要能找出這六個部份，看懂句子就變得很簡單了。

注意！

　　分解句子的結構是為了看懂句子。你不需要無時無刻地拆解句子。

　　只有當你被某一句話困住了，或太長的句子一下子抓不到重點；這時候試著拆解看看出這六個部分，你會發現句子變得比較容易理解。

恭喜你！

你已經完成中文基礎文法第八單元

　　哇！你已經認識國語的八種詞類了，也多知道了十一種基本句型，相信你也深深感受到了國語的魅力。

　　接下來，我們會介紹最後一種詞類「連詞」。「連詞」用來連接詞與詞、語與語、句與句等。

　　你將會學到，如何運用「連詞」將兩個句子連成一個更長的句子，或是使用幾個字就能表達兩種不一樣的想法。

　　中文，真的是一種很博大精深的語言。趕快開始吧！

第九單元

連詞

【何謂連詞？】

定義→連詞是用來連結詞與詞，語與語，句與句，段與段等，以表示
　　　他們互相聯絡的關係。

　　　連詞也叫連接詞、聯結詞、聯詞、聯繫詞。

例如：

例　石 *和* 鐵都可以造橋。
　　　　連詞

例　*雖然*天已經亮了， *可是*太陽還沒有出來。
　　　連詞　　　　　　　　　　連詞

例　他 *不但*是一個思想家， *而且*是一個實行家。
　　　　連詞　　　　　　　　　　連詞

連詞，根據意義可分成四種：

第一種連詞、連接「詞和詞」

第二種連詞、連接「語和詞」、「語和語」

第三種連詞、連接「句和句」

第四種連詞、連接「段和段」、「段和句」

【單句的複成分-1：複主語】

連詞的用法跟句子的結構有很大的關係，所以介紹連詞之前要先介紹【單句的複成分】。單句的複成分有：複主語、複賓語、複補足語、複述語以及複附加語。

一個述語有兩個以上的主語的，叫做**複主語**。（引號內是主語，紅色字體是連詞）

例①「我」和「你」一起去。

例②「電燈」、「電話」、以及「喚人的電鈴」，都準備好了。

例③「眉毛」、「鼻子」、「眼睛」、「嘴」，都是長在臉上的器官。

例④「陳先生」或者「李先生」，總要有人出面才行。

例⑤或是「張先生」、或是「李先生」，誰都可以來學習。

例⑥不論「你」或是「他」，都應該弄清楚事情的真相。

⑤和⑥不同，⑤的兩個主語，只有一個有效；

⑥的兩個主語全有效。

複主語只有兩種，一種是「平列句」如①②③，一種是「選擇句」如④⑤⑥。

【單句的複成分-2：複賓語和複補足語】

　　一個述語帶有兩個以上的賓語或補足語的，叫做**複賓語**或**複補足語**。它們所用的連詞，完全和複主語一樣，只限於平列與選擇兩種。（引號內是賓語或補足語，紅色字體是連詞）

　例①他來拜會「你」和「你先生」。（複賓語）

　例②學生額外補習的科目有「國文」、「英文」、「數學」、或「理化」。

　例③她的臉好像「光亮」「紅潤」了一些。（複補足語）

他來拜會 你 和 你先生。
　　　　賓語　　　賓語

【單句的複成分-3：複述語】

　　主語有兩個以上的述語，叫做**複述語**。而賓語和補足語，是述語的連帶成分；只要述語複了，賓語和補足語就不用管。（引號內是述語，紅色字體是連詞）

　　複述語分四類：

(1) 平列的 例如：

例 他每天「讀書」五小時，並且「工作」五小時。

例 我昨天「去了」一趟，今天也「得去」一趟。（也亦可以換成還）

例 我們一面「整修舊房子」，一面「建造新房子」。

例 那一隊小學生，一路「唱歌」，一路「走」。

例 他不但「是一個思想家」，而且「是一個實行家」。

例 你「走」還走不動，何況「跑」呢！

(2) 選擇的 例如：

例 我打算上他那兒「去」，或者「請他」到我這兒來。

例 我現在「去」，或者「不去」，還不一定。

例 你「要吃雞蛋」呢，還是「要吃鴨蛋」？

例 他放假的時候，不是「睡覺」，就是「看手機」。

例 當作運輸工具的牲口，不「是騾、馬」，就「是駱駝」。

　　上個例句中的「不」「就」，因為「是」字要做述語，所以它們就成了副詞兼連詞用。

（接上頁）

(3) 承接的　例如：

例 他「站起來」，就「走」。

例 早上我「看了」一會兒新聞，「吃了」早餐，就「出門了」。

例 醫生治病，先「看」病在什麼地方，再「推斷」病的原因，再「考究」病人本來身體的強弱和生活狀況，然後「開藥」。

例 他「拿」一個陶壺，「放」一把茶葉，「倒」滿了水，在爐上「燒」到滾燙，「斟」給大家一杯茶。

　　上一例中的「拿壺」、「放茶葉」、「倒水」、「燒水」、「斟茶」，這五個動作是連續下去的動作，不是同時存在的，雖然沒有用承接連詞，也不要認為是平列的句式。

(4) 轉折的　例如：

例 他「失敗了」，然而沒有「放棄」。

例 這個故事很「長」，可是很「有趣」。

例 我常常跟哥哥「吵架」，不過隔天就「和好」了。

例 華「打算賺錢」，不想竟「賠了本」。

【平列】ㄆㄧㄥˊ　ㄌㄧㄝˋ：
　　齊平排列，位置一致。平等列舉。引申有地位平等的意思。例 中國舊時的社會，男人和女人的社會地位不是平列的。

【單句的複成分-4：複附加語】

　　凡是附加的成分，無論是形容附加語，或副詞附加語，大多都是不整齊、不規則的。複附加語，不像主語、述語有一定的條理。

　　複附加語，無論是形容附加語，或是副詞附加語，可分為兩類：

(1)不表明同類的關係

　　　　例如一個名詞前面，要附加許多形容詞，或是用來表示性質，或是形容形態，或是表數量，或指示說明，往往是各個單獨的形容詞直接附加上去，不必彼此聯絡。

例 她今天穿了「一件」「藍色的」「有鑲水鑽的」晚禮服。

例 燒餅上的芝麻密「如天上的星星」，香「噴噴的」，誘「得人流口水」。

(2)表明同類的關係（引號內是附加語，紅色字體是連詞）

　　　　用來表明同類關係，例如兩個附加語同屬於性狀形容詞（**性質與狀態的形容詞**），或同屬於**性狀副詞**，兩者之間便可以添加平列連詞「且」「而」等；也可以與複主語、副賓語等一樣用平列的連詞或選擇的連詞。

例 「長」且「難的」句子，要「清楚」而且「緩慢地」讀下去。

例 甜的白麵包，就是又「甜」又「白的」麵包。

例 中國人能「用毛筆」並且「在薄紙上」寫大字。

例 桌子位在「沙發」和「書櫃」的中間。

例 辦宴席的時候，酒是一種「普遍」而「無限量」提供的東西。

【連詞】第一種連接「詞和詞」

複主語、複賓語、複形容詞、複補足語、複副詞，平列時都需要用到連詞。

和、同、與、及、跟、且、暨，常用來連接名詞：

例 爸爸*和*媽媽同意你去露營嗎？

例 教育*和*經歷使他眼界開闊。

例 我*同*你一起去。

例 咖啡、糖、煙*及*酒，都會讓人成癮。

例 我*跟*她明日去看電影。

例 手*跟*腳合稱為四肢。

例 蝴蝶輕*且*快地飛過去。

例 水流既深*且*急。

例 讓我們掌聲歡迎老師*暨*師母蒞臨會場。

「暨」帶著比較重的書面文色彩，常用於比較莊重的場合：

例 我們都需要物質*與*精神的享受。

例 父親*與*母親都一樣重要。

【且】ㄑㄧㄝˇ：又、並。例既高且大

【及】ㄐㄧˊ：
1. 到、到達。例遙不可及、推己及人、目力所及
2. 與、和。例這本書有精彩的內容及生動的插圖。

【暨】ㄐㄧˋ：與、及、和。例歡迎董事長暨夫人蒞臨指導。

【連詞】第二種連接「語和詞」、「語和語」

兩個或兩個以上的短語，用連詞連接，大半用平列連詞。

和、同、與、及、以及、跟、暨、且、而且、並且

例 我兒子*和*你兒子都是淘氣的孩子。

例 飯前的開胃菜*和*飯後的甜點都很好吃。

例 人類*同*猛獸，不可能住在一起。

例 小客車*與*載貨的卡車撞在一起。

例 這個活動得到校長*與*老師們的支持。

例 我常吃蝦、蟹*及*貝類食物。

例 唱歌*及*跳舞都難不倒她。

例 這本書有精彩的內容*及*生動的插圖。

例 花、草、樹木*以及*麻雀都在宣布春天的來臨。

例 開源*跟*節流，哪個重要？

例 他待人和氣*且*樂善好施。

例 她長得美*而且*有才幹。

例 這輛車撞倒路人*並且*逃逸。

【以及】ㄧˇ　ㄐㄧˊ：

　　和、與。用來連接並列的詞或語。例 這種水果含有鈣、鐵以及維他命。

【並且】ㄅㄧㄥˋ　ㄑㄧㄝˇ：

　　而且。通常連接兩個句子，表示平列或進一層。例 對於教導學生，家長和老師要建立共識，並且隨時保持聯絡。

【連詞】第三種連接「句和句」

這類的連詞用得最多。可分成十種。這十種連詞並不是只能連接句和句，也可以連接**詞**、**語**或**句**。

十種連詞列出如下：

(1) 平列連詞　　　　　　　(6) 範圍連詞

(2) 承接連詞　　　　　　　(7) 讓步連詞

(3) 選擇連詞　　　　　　　(8) 假設連詞

(4) 轉折連詞　　　　　　　(9) 比較連詞

(5) 因果連詞　　　　　　　(10) 時間連詞

之後會逐一介紹每一種連詞，例句主要**以連詞的特性為主**；所以有些是連接「**詞**」的，有些是連接「**語**」的，一些是連接「**句**」的。

【第一種 平列連詞 】用來連接兩個或兩個以上平列的詞、語或句。

平列連詞 1-1 **等價的**連詞

平列連詞 1-2 **進層的**連詞

第一種 平列連詞， 1-1 等價的連詞

用來連結兩個地位相等的詞、語、句。

也常常單獨用在後面那一句話（或詞或語）的起首。有兩種用法：

（一）只連接實體詞：*和、同、以及、與、及、暨、跟*

例 **烏龜***跟***蝸牛**，誰比較快？

例 你帶了**帽子***和***水壺**嗎？

例 最後**公主***同***王子**結婚了。

例 你想吃**西瓜***以及***鳳梨**嗎？

例 **獅子***與***老虎**，誰比較厲害呢？

例 **游泳***及***籃球**，都是他喜歡的運動。

例 這裡是台灣**美食***暨***伴手禮**的展覽會場。

烏龜跟蝸牛，誰比較快？
連詞

【「和」字，是介詞？還是連詞？】

有幾個字，如：*和*、*同*、*與*、*跟*，是連接實體詞的平列連詞，也是**介所共**的方法介詞，要如何區分呢？

這兩者在用法上是不一樣的。

連詞的兩端，在句法上位於同一位置的複成分，所以可任意對調；介詞所介的名詞，卻絕對不可以和主語對調，對調就會變動了整句話的意思。

例 我 同 你 一起去游泳。(我、你兩字可互換)
　　連詞　　　　　　述語

例 誰 同 他 要東西 呀？(誰、他兩字不可對調)
　名詞 介詞 名詞 述語

第一種 平列連詞，1-1 等價的連詞

用來連結兩個地位相等的詞、語、句。

也常常單獨用在後面那一句話（或詞或語）的起首。有兩種用法：

（二）可連接實體詞外的一切詞、語、句：

並且、且、也、亦…（下頁繼續）

說明→「並」和「並且」既用來連接相同關係的動詞，也表示進一步的關係。兩者與可以替換，常用來連接動詞。只是「並且」比「並」的語氣重一些。

例 她每天跟老師學音樂*並*練習半小時。

例 他同情好友*並*幫助他度過難關。

例 做人不僅要懷抱夢想，*並且*要積極實踐它。

例 小明每天勤練游泳，*並且*常常觀摩其他選手的比賽。

例 我高興，你*也*高興。

例 兩人*亦*師*亦*友。

【也】ㄧㄝˇ：
　　1.同樣。例這件事我知道，你也知道。
　　2.又。例客人中也有坐車的，也有走路的。

【亦】ㄧˋ：也、也是、又。例亦然、亦復、亦師亦友

【又】ㄧㄡˋ：額外的、分外的。例中秋的月亮又大又圓。

第一種 平列連詞，1-1 等價的連詞

用來連結兩個地位相等的詞、語、句。

也常常單獨用在後面那一句話（或詞或語）的起首。有兩種用法：

（二）可連接實體詞外的一切詞、語、句：

（接上頁）…又、*再說*、*而且*

例 這是一個*又*冷*又*暗的夜晚。

例 我對這件事不清楚，*再說*我也不想插手。

例 這間房子很寬敞*而且*光線充足。

說明→「而」和「而且」在連接形容詞時，常連接相近意思的形容詞：

例 這件衣服簡單*而*樸素。

說明→「而」在連接動詞時，可以含有先後的意味：

例 老師要大家學習*而*溫習。

例 忽有龐然大物，拔山倒樹*而*來。

說明→「而」字，有時還有正反兩面意思：

例 他為公事*而*忘記私事。

【再說】ㄗㄞˋ ㄕㄨㄛ：表示推進一層的連接詞。例 他昨天根本沒有來，再說他也沒有這份能耐，這件事不可能是他做的。

【而且】ㄦˊ ㄑㄧㄝˇ：
表示平列或更進一層。例 自獲獎後他便一舉成名，而且還享譽國際。

第一種 平列連詞，1-2 進層的連詞

　　表示後面的詞、語、句，比前面的有更進一步的關係。常用一對，或在句中用一個副詞和它相互呼應。

固然……

固然……更……

例 看小說*固然*開心，寫功課也同樣重要。

例 他*固然*謹慎，也同樣熱心。

例 學習*固然*重要，也應該注意身體。

例 他*固然*有錯，你*更*有錯。

例 經驗*固然*重要，*更*應該知變通。

（下頁繼續）

看小說 固然 開心，寫功課也同樣重要。
連詞

【固然】ㄍㄨˋ ㄖㄢˊ：

　　連詞。表示確認某一事實。例 沒有錢固然不行，但是光有錢更不行。

第一種　平列連詞，1-2 進層的連詞

表示後面的詞、語、句，比前面的有更進一步的關係。常用一對，或在句中用一個副詞和它相互呼應。

尚且……更……

尚且……何況……

例 大人*尚且*舉不起來，*更*別說小孩子。

例 這家店最好的產品，品質*尚且*如此，其他的產品*更*不用說了。

例 人都愛看熱鬧，成年人*尚且*如此，*更*何況是半大的孩子。

例 說話句句留心，*尚且*不免有錯，*何況*信口開河呢！

例 「螻蟻*尚且*貪生」，*何況*他是一個有妻子兒女的人！

（下頁繼續）

大人**尚且**舉不起來，更別說小孩子。
連詞

【尚且】ㄕㄤˋ　ㄑㄧㄝˇ：
連詞。表示進一層的意思，常與「何況」相應。例 螻蟻尚且偷生，更何況是人呢！

【何況】ㄏㄜˊ　ㄎㄨㄤˋ：
表示比較或更進一層推論，常用於疑歎的語氣。「何況」後面常省略述語。例 這條山路天氣好的時候就很難走了，何況天氣不好的時候。

第一種 平列連詞，1-2 進層的連詞

表示後面的詞、語、句，比前面的有更進一步的關係。常用一對，或在句中用一個副詞和它相互呼應。

既然……

既然(既)……又……

既然(既)……並且……

既然(既)……也……

例 *既然*這裡有椅子，我先休息一下。

例 *既然*生病了，何不在家休息？

例 你*既然*答應了我，就要說話算話。

例 你*既然*不喜歡這件衣服，*又*何必強迫自己接受。

例 *既然*搬不動那塊石頭，你*又*何必在那裡逞強呢？

例 *既然*這個計劃可行，*並且*容易實施，那就開始吧！

例 *既然*你知道了這件事，我*也*不瞞你。

（下頁繼續）

既然這裡有椅子，我先休息一下。
連詞

【既然】ㄐㄧˋ ㄖㄢˊ：

連詞。多用在上半句的句首，表示前提，而後再加以推論。例
既然兩方面都準備會談，形勢也就緩和了。

第一種 平列連詞，1-2 進層的連詞

　　表示後面的詞、語、句，比前面的有更進一步的關係。常用一對，或在句中用一個副詞和它相互呼應。

　　　　不但……而且……

　　　　不但……也……

　　　　不但……就是……也……

　　　　已經……況且……

　　例 我*不但*要參加這場比賽，*而且*要贏得第一。

　　例 上天*不但*給了她美貌，*也*給了她智慧。

　　例 吳老師*不但*仔細傾聽大家的意見，*也*仔細做了記錄。

　　例 *不但*我看不下去，*就是*陌生人，*也*看不下去。

　　例 這款手機*不但*性能好，*就是*外觀*也*很漂亮。

　　例 他*已經*知道錯了，*況且*也平安回來，你就不要怪他了。

　　例 警方*已經*開始注意他了，*況且*他現在也無家可回。

　　（下頁繼續）

【不但】ㄅㄨˋ ㄉㄢˋ：
　　連詞。用在上半句，常與「而且」、「反而」、「也」、「還」等搭配，表示遞進關係。相當於「不只」、「不僅」。例 他不但富有，而且仁慈。

【就是】ㄐㄧㄡˋ ㄕˋ：
　　連詞。用在上半句，表示假設的讓步，常與「也」呼應。相當於「即使」。例 明天就是下雨，我也得去。

【況且】ㄎㄨㄤˋ ㄑㄧㄝˇ：
　　表示更進一層的語氣，只用於直述的語氣。例 已經很晚了，況且明天還得早起，趕快睡吧！

第一種 平列連詞，1-2 進層的連詞

表示後面的詞、語、句，比前面的有更進一步的關係。常用一對，或在句中用一個副詞和它相互呼應。

（接上頁）

甚至……

甚而……

乃至……

例 她*甚至*比姐姐還聰明。

例 你們吵架的聲音很大聲，*甚至*隔壁都聽得到。

例 大多數的夫妻覺得另一半是親人，*甚而*有些女人戲稱丈夫是「大兒子」，每天管他、唸他、伺候他。

例 他非常肯動腦筋，*甚而*能提出一些考倒老師的問題。

例 她對很多事都親力親為，*乃至*最小的細節也不放過。

例 他無法判斷是非，*乃至*姑息養奸鑄成大錯。

【甚至】ㄕㄣˋ ㄓˋ：
表示更進一層的連接詞。例他忙得甚至連吃飯時間都沒有。

【甚而】ㄕㄣˋ ㄦˊ：
連詞。用在下半句，表示遞進關係，強調突出的事例，後面常有「都」、「也」等字相配合，相當於「甚至」。例 他工作非常投入，甚而都忘了下班。

【乃至】ㄋㄞˇ ㄓˋ：
表示遞進關係，相當於「甚至」。也作「乃至於」。例 他的成就是全國乃至全球華人的驕傲。

【第二種　承接連詞 】 用來連接兩個或兩個以上有相承關係的詞、語或句。

承接連詞 2-1 **順序的**連詞

承接連詞 2-2 **類及的**連詞

承接連詞 2-3 **推證的**連詞

第二種　承接連詞，2-1 順序的連詞

依照時間或局勢的順序，延續下來。

就、便、即… （著重在事情局勢的相接）（下頁繼續）

例 假如要起風了，*就*不要出海。

例 大家做好準備，*就*開始行動。

例 他失去妻子後*便*一蹶不振。

例 他仔細瞄準後*便*開了槍。

例 這本書已完稿，*即*可付印。

例 他找到了那頂帽子*就*安心了。

【就】ㄐㄧㄡˋ：

1. 連詞。表示兩件事有因果關係，相當於「就要」。例 生病了，就吃藥。

2. 連詞。表示兩件事有假設兼讓步關係，相當於「即使」。例 你就說破了嘴，他也不會答應。

【便】ㄅㄧㄢˋ：即、就。例 他一早便走了。

【即】ㄐㄧˊ：便、就。例 一觸即發、一發即中

第二種　承接連詞，2-1 順序的連詞

依照時間或局勢的順序，延續下來。

則、從而、於是、於是乎、才　（著重在事情局勢的相接）

例 如有必要，*則*進行修改。

例 既來之*則*安之。

例 科技發達，*從而*為生活提供了便捷的服務。

例 敵人已攻過來，他卻鎮定如常，*從而*穩定了軍心。

例 因為晚上停電，*於是*點蠟燭照明。

例 他晚上睡不著，*於是乎*爬起來看電視。

例 我好不容易*才*忍住了笑。

例 飛機落地後，我*才*打開手機。

（下頁繼續）

【則】 ㄗㄜˊ：
　　連詞。表示順承關係。前者說明原因、理由或情況，後者說明相應的措施或結果，相當於「就」、「便」。例 關心則亂。

【從而】 ㄘㄨㄥˊ ㄦˊ：
　　連詞。表示陳述結果、目的或進一步的行動，做為對於上文原因、方法等的說明。例 「經過再三的修正，企劃書更為完善，從而獲得上司的肯定」

【於是】 ㄩˊ ㄕˋ：
　　表示承接關係，用於末句。相當於「因此」、「因而」。也作「於是乎」。例 受到親友們的一再鼓勵，於是他重新振作起來。

【才】 ㄘㄞˊ：表示出現某種結果。例 只有堅持到底，才能獲得成功。

第二種 承接連詞，2-1 順序的連詞

依照時間或局勢的順序，延續下來。

（接上頁）**然後**、**而後**、**只好**、**只得**、**那麼**　（著重在事件的因果關係）

例 廚師把食材準備好，**然後**開始烹調食物。

例 先看看情況，**而後**再做打算。

例 他幼年多病，**而後**被認為是一個弱不禁風的人。

例 媽媽別無選擇，**只好**讓步。

例 這本書很好，可惜我沒帶錢，**只好**改天再買了。

例 為了不吵醒病人，我們**只得**低聲說話。

例 既然事情已經發生了，**那麼**接下來該怎麼辦？

例 既然主管已經批准，**那麼**我們就行動吧。

【然後】ㄖㄢˊ　ㄏㄡˋ：

　表示接在某種動作或情況之後。例事先研究一下，然後再考慮怎麼去做。

【而後】ㄦˊ　ㄏㄡˋ：

　然後。例做事要有規劃，先計劃而後付諸行動。

【只好】ㄓˇ　ㄏㄠˇ：只得、不得不。例因為身體不適，他只好請假在家休息。

【只得】ㄓˇ　ㄉㄜˊ：不得不、只好。例因為下雨了，他只得待在家裡。

【那麼】ㄋㄚˋ　˙ㄇㄜ：

　連詞。引出按假設條件推理出的結果，常與「如果」、「既然」等合用。例 如果你們都去，那麼我就留下來吧、

第二種 承接連詞，2-2 類及的連詞

在想法上有所關連，不管是接近還是反對。

至於、*說到*、*此外*

例 這家餐廳東西好吃氣氛好，*此外*服務人員態度也很好。

例 他確實是聰明，*至於*為人，我就不敢說了。

例 大家都盡力了，*至於*得名與否，就不用太在意。

例 *說到*減肥，她有很多經驗可以分享。

例 他很常出國玩，*說到*自助旅行，可以跟他請教細節。

例 這個計劃需要有專人來執行，*此外*還需要時間和金錢。

這家餐廳東西好吃氣氛好，
此外服務人員態度也很好。
連詞

【至於】ㄓˋ　ㄩˊ：

　　講到、提起。為轉換話題，談到有關或附帶事項時所用的連接詞。例 他說起話來，往往口若懸河，至於可信與否，就不得而知了。

【說到】ㄕㄨㄛ　ㄉㄠˋ：

　　「到」表示一種結果。「說到」有「說及」的意思，後面往往是說及的對象或內容。例 她是個吃貨，說到吃，馬上就能引起她的興趣。

【此外】ㄘˇ　ㄨㄞˋ：

　　連詞。指除了上面所說的以外。例 我們只聊公事，此外就沒有什麼可說的了。

第二種 承接連詞，2-3 推證的連詞

　　也就是「換句話說」的類別。多半以「連詞語」來承接，繼承上句並加以解釋或證明。有時會根據上句的事實，來做理論上的推論或判斷。

總之、總而言之、換句話說…（著重在解釋或證明）

　　例 *總之*，這是一次很愉快的郊遊。

　　例 *總之*，沒有人不喜歡她。

　　例 *總而言之*，沒有人不喜歡她。

　　例 *總而言之*，這是一件絕對秘密的事情。

　　例 *換句話說*，今天的行程要取消了。

　　例 *換句話說*，玩具虎貓的花紋形似老虎。

（下頁繼續）

換句話說，玩具虎貓的花紋形似老虎。
_{連詞}

【總之】ㄗㄨㄥˇ　ㄓ：

　　總而言之。表示下文是總括的話。例總之，一切等董事長回來再做定奪。

第二種 承接連詞，2-3 推證的連詞

也就是「換句話說」的類別。多半以「連詞語」來承接，繼承上句並加以解釋或證明。有時會根據上句的事實，來做理論上的推論或判斷。

例如（如、像、比方、比如、譬如）、怎麼講呢…（重在解釋或證明）

例 我喜歡很多花，*例如*荷花、玫瑰、太陽花等。

例 我們有準備點心，*比如*冰淇淋或蛋糕。

例 你可以在這裡選一個小禮物，*譬如*筆記本。

例 她很有同情心，**怎麼講呢**，她常常撿回流浪的貓、狗回家照顧。

（下頁繼續）

我喜歡很多花，
例如荷花、玫瑰、太陽花等。
連詞

【例如】ㄌㄧˋ　ㄖㄨˊ：
　　舉例用語。置於所舉的例子前面。例我的興趣很廣泛，例如集郵、運動、爬山、唱歌等。

【比方】ㄅㄧˇ　ㄈㄤ：
　　連詞。連接用以假設的事項，相當於「如果」、「假如」。例 比方讓他們去操辦，成功的把握可能會更大一些。

【譬如】ㄆㄧˋ　ㄖㄨˊ：
　　比如、舉例說明。例過去種種譬如昨日死，未來種種譬如今日生。

第二種 承接連詞，2-3 推證的連詞

也就是「換句話說」的類別。多半以「連詞語」來承接，繼承上句並加以解釋或證明。有時會根據上句的事實，來做理論上的推論或判斷。

可見、可知　（以上著重在推論或判斷）

例 她很開心，*可見*是她喜歡的人送的花。

例 他常常遲到，*可見*他是個沒有時間觀念的人。

例 他開車竟然打瞌睡，*可知*他最近有多累。

例 許多動物瀕臨滅絕，*可知*我們的生態環境一直在變。

注意：用來推證的連詞，有時只把所提到的事實，粗略地做個推理，
　　　不一定需要合於理論或道理的承接關係。

她很開心，**可見**是她喜歡的人送的花。
連詞

【可見】ㄎㄜˇ　ㄐㄧㄢˋ：
　　可以想見、推論。例 許多動物瀕臨絕種，可見人類的濫捕濫殺對生態環境已造成嚴重的破壞。

【可知】ㄎㄜˇ　ㄓ：
　　可以知道，可據他事推想得知。例 由臭氧層破洞愈破愈大的事實看來，可知人類對生態環境的破壞之大。

157

【第三種 選擇連詞 】用來連接兩個或兩個以上必須加以選擇，才能決定的詞、語或句。

選擇連詞 3-1 **相商的**連詞

選擇連詞 3-2 **相消的**連詞

第三種 選擇連詞，3-1 相商的連詞

從並列的兩者中商量要選哪一個；常用一對，有時也單用一個放在後面的句子。

或是……或是……

或者……或者……

例 我放假的時候，*或是*讀書，*或是*睡覺。

例 別人的話，*或是*讚揚，*或是*譴責，他都不在乎。

例 *或者*我到他那兒去，*或者*他到我這兒來。

例 *或者*坐車，*或者*走路。，你最慢三點要到！

例 每個人有自己的路要走，*或者*一帆風順，*或者*崎嶇坎坷。

（下頁繼續）

我放假的時候，**或是**讀書，**或是**睡覺。
　　　　　　　　　連詞　　　　　　　連詞

第三種 選擇連詞，3-1 相商的連詞

從並列的兩者中商量要選哪一個；常用一對，有時也單用一個放在後面的句子。

或……或……

還是……還是……（用在疑問的語氣）

到底……還是……（用在疑問的語氣）

例 我該穿長禮服，*還是*短禮服？

例 你，*或*來*或*不來，我都在這裡。

例 這裡隨便你使用，*或*躺*或*坐都可以。

例 *還是*我太天真，*還是*我太愚蠢，怎麼相信了他的話？

例 這件事*到底*我是堅持，*還是*固執？

例 你*到底*是傻，*還是*笨，怎麼都聽不懂？

我該穿長禮服，還是短禮服？

連詞

【或者】ㄏㄨㄛˋ ㄓㄜˇ：

連詞，表示選擇境況。例 不管你的言行是無心或者是有意，都會帶給其他人一些影響。

【還是】ㄏㄞˊ ㄕˋ：

或者、或是。例 不管是男孩還是女孩，都是父母的心肝寶貝。

第三種 選擇連詞，3-2 相消的連詞

兩者必擇其一，因為互不相容。

不是……就是……

不……就……

非……即……

（這種的連詞，用在並列句，用來說明事實，一定是用一對）

例 *不是*巧克力蛋糕，*就是*草莓蛋糕，你選一個。

例 爸爸上班 *不是*騎單車，*就是*步行。

例 *不是*他錯了，*就是*我錯了。

例 他 *不*答應，我 *就*不出門。

例 你 *不*打架，我們 *就*不會出現在警察局。

例 *非*打*即*罵，不是正確教養孩子的方式。

例 俗話說：「無事獻殷勤，*非*奸*即*盜。」是指某人突然不會沒有目的地百般討好你，要小心他可能要讓你做不好的事，或是他需要你的幫忙。

（下頁繼續）

不是巧克力蛋糕，**就是**草莓蛋糕，
　　連詞　　　　　　　　　連詞
你選一個。

【非……即……】：
　　不是……就是……的意思。例 這場比賽，非贏即輸，所以你要全力以赴。

第三種 選擇連詞，3-2 相消的連詞

兩者必擇其一，因為互不相容。

不然……

否則……

（這種的連詞，用在反推因果的情況，常用一個）

例 你要早點出門，*不然*趕不上公車了。

例 鍛鍊身體必須持之以恆，*不然*效果不佳。

例 你先冷靜下來。*不然*我不告訴你。

例 別動，*否則*我開槍了。

例 大家快一點，*否則*要遲到了。

例 我的動作要快些，*否則*要下雨了。

我的動作要快些，**否則** 要下雨了。
連詞

【不然】ㄅㄨˋ ㄖㄢˊ：
　　連詞。假如不是上文的情況。例幸虧你提醒我，不然我就犯大錯了。

【否則】ㄈㄡˇ ㄗㄜˊ：
　　不然，假如不這樣。例天氣寒冷，出外要多穿件衣服，否則容易感冒。

【第四種 轉折連詞 】用來連接兩個相反意思的詞、語或句。

轉折連詞 4-1 **重ㄓㄨㄥˋ轉的**連詞

轉折連詞 4-2 **輕折的**連詞

轉折連詞 4-3 **意外的**連詞

第四種 轉折連詞，4-1 重ㄓㄨㄥˋ轉的連詞

與前句是完全相反的觀念與結果。

然而、但是（但）…

例 他想坐起來，*然而*身體沒有力氣。

例 爺爺今年七十歲了，*然而*記憶力很好。

例 她的個子不高，*但是*很有威勢。

例 這個蛋糕賣相不佳，*但是*很好吃。

例 這道菜好是好，*但*不合我的口味。

例 他觀察敏銳，*但*話說得很少。

例 他生病了，*但*仍然很開朗。

（下頁繼續）

【然而】ㄖㄢˊ ㄦˊ：

連詞。表示轉折。例 零食雖可充饑，然而卻無法提供足夠的營養。

【但是】ㄉㄢˋ ㄕˋ：

連詞。表示轉折關係。例 這個工作很艱鉅，但是我們滿懷信心，一定可以如期完成。

第四種 轉折連詞，4-1 重ㄓㄨㄥˋ轉的連詞

與前句是完全相反的觀念與結果。

可是、卻是（卻）…

例 我倆雖是初次見面，*卻是*一見如故。

例 登山雖然很累，*可是*大家心情很愉快。

例 我以為今天會下雨，*可是*沒下雨。

例 很多人嘗試過，他*卻是*第一個成功的。

例 這個工作大家覺得很枯燥褛，他*卻*自得其樂。

例 她喜歡做菜，*卻*沒有自己的廚房。

（下頁繼續）

我倆雖是初次見面，**卻是**一見如故。
連詞

【可是】ㄎㄜˇ　ㄕˋ：

　　連詞。表示轉折關係，相當於「但是」。例 他成績雖然不好，可是卻很努力，一點也不會自暴自棄。

【卻是】ㄑㄩㄝˋ　ㄕˋ：反倒是。表示轉折。例 文章雖短，卻是很有說服力。

第四種 轉折連詞，4-1 重业×ㄥˋ轉的連詞

與前句是完全相反的觀念與結果。

惟獨、倒是、偏偏、偏

例 這次的行程什麼都考慮到了，*惟獨*沒考慮到天氣。

　　惟獨，所連接的多半著重在主語。

例 我考慮了很多情況，*惟獨*忽略了你的意願。

例 他剛剛回到家，*倒是*避過了這場大雨。

例 這個年輕人話說得不多，做事*倒是*很勤快。

例 我正要出門，*偏偏*車子故障了。

例 不讓她去，她*偏*要去。

例 我不想遇到他，*偏*在這裡碰到他。

---

*但是、可是、惟獨，可兼用作「**輕折的**連詞」。

*倒是，兼用作「**意外的**連詞」。

【惟獨】ㄨㄟˊ ㄉㄨˊ：

　　單單；只是。也作「唯獨」。例 大家都贊成，惟獨他反對。

【倒是】ㄉㄠˋ ㄕˋ：

　　1. 表示轉折。例 房子雖小，倒是布置得很典雅。
　　2. 表示跟情理或事實相反。例 你說的倒是輕鬆。

【偏偏】ㄆㄧㄢ ㄆㄧㄢ：

　　表示實際情況跟主觀願望或客觀需要恰恰相反；形容意料之外。例 時間已經很趕了，偏偏又遇上塞車，真是令人心急。

第四種 轉折連詞，4-2 輕折的連詞

限制前一句，表示一部分的相反。

只是、不過

例 我喜歡吃西瓜，*不過*只喜歡吃紅肉的。

例 你可以到處去逛逛，*只是*要回來吃晚餐。

例 這家超市的東西很齊全，*只是*需要有會員卡才能購物。

例 媽媽買了很多飲料，*不過*我都不能喝。

我喜歡吃西瓜，
不過只喜歡吃紅肉的。
連詞

【只是】ㄓˇ ㄕˋ：

連詞。表示輕微的轉折語氣，相當於「不過」、「但是」。例 我實在很想幫你的忙，只是力不從心。

【不過】ㄅㄨˊ ㄍㄨㄛˋ：但是。例 這份工作的確較為繁重，不過我可以勝任。

第四種 轉折連詞，4-3 意外的連詞

打消前一句，表示「出乎意料之外」與「無可奈何」的心理。

不料、不想、想不到、誰知、反而、哪曉得

例 妹妹想洗碗，*不料*把碗打破了。

例 農夫辛苦地忙了幾個月，*不料*一場大風雨，損壞了不少農作物。

例 我站在梯子上換電燈，*不想*梯子被撞倒了，我也跌下來。

例 *想不到*今天的交通路況不佳，所以我也遲到了。

例 這麼陡峭壁，*誰知*他竟爬上去了。

例 每個人都在找他，*誰知*他把手機關機了。

例 這種通俗的劇情，*反而*觀眾喜歡看。

例 我今天休息了一天，*反而*覺得疲倦起來了。

例 我叫她在這裡等我，*哪曉得*她自己先走了。

【不料】ㄅㄨˋ ㄌㄧㄠˋ （變）ㄅㄨˊ ㄌㄧㄠˋ：
沒想到、意想不到。例 不料事情竟會演變到不可收拾的地步。

【不想】ㄅㄨˋ ㄒㄧㄤˇ：
想不到、出乎意料。例 已許久不見，不想會在這裡遇到他。

【想不到】ㄒㄧㄤˇ ㄅㄨˋ ㄉㄠˋ（變）ㄒㄧㄤˇ ㄅㄨˊ ㄉㄠˋ：
沒有想到，出乎意料之外。例 想不到他無心的一句話，竟引起軒然大波。

【反而】ㄈㄢˇ ㄦˊ：
表示跟前文意思相反或出乎意料之外，轉折用。例 他退休後反而更忙了。

【第五種 因果連詞 】用來連接兩個或兩個以上，有因果關係的詞、語或句。

因果連詞 5-1 **表因的**連詞

因果連詞 5-2 **表果的**連詞

重點→凡是表因果關係的複句，無論語氣著重在**因**或是著重在**果**，一律把表**果**的認定為主句，表**因**的認定為從句；也不論語氣著重在**行為**或**目的**，一律把**表行為**的認定為主句，**表目的**的認定為從句。

第五種 因果連詞，5-1 表因的連詞

可分為兩組，一組是表理由（原因），一組是表動機（目的）。多使用「介所因」的介詞。

原來、由於、因為（因）　這一組重在表理由（原因）。

例 大家都找不到你，*原來*你躲在這裡。

例 很多螞蟻出來搬運食物，*原來*要下雨了。

例 *由於*事先準備充分，活動進展得很順利。

例 *由於*地址沒寫完整，信件無法寄出。

例 我們不去了，*因為*開始下雨了。

例 他不能參加這次的活動，*因為*他爸爸生病了。

（下頁繼續）

【原來】ㄩㄢˊ　ㄌㄞˊ：
　　表示發現原本的真實情況。例他的病，原來是寄生蟲作祟。

【由於】一ㄡˊ　ㄩˊ：表示原因或理由。例由於人手不足，公司決定再請幾名工讀生來幫忙。

【因為】一ㄣ　ㄨㄟˋ：
　　連詞。表示事情的原因。例因為途中有車禍，所以才遲到了。

第五種 因果連詞，5-1 表因的連詞

　　可分為兩組，一組是表理由（原因），一組是表動機（目的）。多使用「介所因」的介詞。

　　以便、*為的是*…　（著重在表示動機（目的）

　　　例 手機有鬧鐘功能，*以便*叫人起床。

　　　例 這裡設置了意見箱，*以便*客戶提供意見。

　　　例 她到得很早，*為的是*選個好座位。

　　　例 這兩人貌合神離卻沒有離婚，*為的是*爭奪遺產。

（下頁繼續）

手機有鬧鐘功能，
以便叫人起床。
連詞

―――――――――――――――――――――――――――――

【以便】一ˇ ㄅㄧㄢˋ：
　　承接上句的開頭用語，使下文所指的目的可以實現或完成。例 許多學生都把英文單字、片語記在小卡片上，以便隨時背誦。

第五種 因果連詞，5-1 表因的連詞

可分為兩組，一組是表理由（原因），一組是表動機（目的）。多使用「介所因」的介詞。

（接上頁）

為……起見（為……故、為……之故）（著重在表示動機（目的）

例 *為安全之故*，每位學溜冰的人都要穿戴護具。

例 *為交通安全起見*，增設了天橋和地下通道。

例 *為慎重起見*，要核對你的身分資料。

例 生命誠可貴，愛情價更高，若*為自由故*，兩者接可拋。

例 *為誠信之故*，每個參與買賣的人，都要使用真實姓名。

為安全之故，學溜冰的人
連詞　　　　　連詞
都要穿戴護具。

【起見】ㄑㄧˇ ㄐㄧㄢˋ：
設想、著想、顧慮。例 為了子女上學方便起見，他們決定從山上搬到市區。

第五種 因果連詞，5-2 表果的連詞

用來表示結果。

所以、因此、因而…

例 小艾生氣了，*所以*現在別煩她。

例 他操之過急，*所以*沒有成功。

例 他的成績進步很多，*因此*得到最佳進步獎。

例 今天百貨公司在打折，*因此*停車場客滿。

例 她常常嘲笑別人，*因而*人緣很差。

例 我今天一直出錯，*因而*被老闆罵。

（下頁繼續）

小艾生氣了，**所以**現在別煩她。
連詞

【所以】ㄙㄨㄛˇ　一ˇ：
　　因此、因而。常與「因為」連用，表示因果關係。例 他因為吃得太多，所以覺得肚子好脹。

【因此】一ㄣ　ㄘˇ：
　　連詞。因而、所以。表示事情的結果。例 這次學期考試我得了第二名，因此爸爸決定送我一份獎品。

【因而】一ㄣ　ㄦˊ：
　　連詞。所以、因此。表示下文是上文的結果。例 經理認為此項投資案無利可圖，因而極力反對。

第五種 因果連詞，5-2 表果的連詞

用來表示結果。

（接上頁）

為此、以致、故

例 她打碎了許多盤子，*為此*懊惱很久。

例 我忘記了與你的約定，*為此*深感懊悔。

例 她想有一個難忘的婚禮，*為此*籌備已久。

例 他太遲鈍了，*以致*失掉了那個機會。

例 車禍的原因是下坡車速過快，*以致*控制不住。

例 他父親禁止他出門，*故*他今天不能去打球。

例 今日下雨，*故*賞花一事未能成行。

她打碎了許多盤子，
為此懊惱很久。
連詞

【為此】ㄨㄟˋ ㄘˇ：

連詞。表示後面所說的行為是出於前面所說的原因。例 女兒夏天最喜歡游泳，為此她預先給女兒買了兩套泳衣。

【以致】ㄧˇ ㄓˋ：

由於某種原因而導致某種結果。表結果的連詞。例 防颱工作做得不夠切實，以致颱風過境之後，低窪地區的民眾損失慘重。

【故】ㄍㄨˋ：因此、所以。例 今天實在太忙，故未能赴約，深感抱歉。

【第六種 範圍連詞 】 用來連接兩個或兩個以上的詞、語或句，使其彼此有限制的。

範圍連詞 6-1 **積極條件的**連詞

範圍連詞 6-2 **消極條件的**連詞

範圍連詞 6-3 **無條件的**連詞

第六種 範圍連詞，6-1 積極條件的連詞

給主句加上一個範圍，把條件的範圍指出來，就成了限制主句的一種條件和方法。

只要、*但須* （重在提條件）

例 *只要*天氣好，他一定會出現。

例 *只要*早睡，就容易早起。

例 她對擇偶對象要求不多，*但須*看得順眼。

例 媽媽對她說：「你可以獨自外出遊玩，*但須*注意安全。」

一經 （重在表方法）

例 *一經*仔細調查，你就會發現他的不誠實。

例 神秘的事 *一經*點破，也就不神秘了。

【只要】ㄓˇ ㄧㄠˋ：只須。例 只要肯付出，就一定會有收穫。

【但須】ㄉㄢˋ ㄒㄩ：
　　只要；只須，含有不多求之意。例 我吃的不多，但須新鮮爽口。

【一經】ㄧ ㄐㄧㄥ：經歷某種行為或過程。例 罪行一經查出，是要重辦的。

第六種 範圍連詞，6-2 消極條件的連詞

消極的條件是指條件在範圍之外。這是**介**所**除**的介詞引伸用法。

除非、除開、除⋯⋯之外

消極條件的範圍句，常省去主句，並將主句的反面意思當成一個「假設句」。

例 *除非*你一次買兩件，否則不打折。

例 *除非*有半數會員出席，這個大會才開得成。

例 *除非*在這裡建個水庫，才能解決用水問題。

例 *除開*說英文，你還會說另一種外語嗎？

例 住在山裡，*除開*空氣清新，還可以靜養身心。

例 這群人裡，*除*我敢親自體驗*之外*，沒有其他人敢嘗試。

例 讓他煩惱的事，*除*賺的錢不夠花*之外*，還有幾件官司纏身。

除非你一次買兩件，否則不打折。
連詞

【除非】ㄔㄨˊ ㄈㄟ：
　　表示唯一的條件。即只有、唯有的意思。例若要人不知，除非己莫為。

【除開】ㄔㄨˊ ㄎㄞ：
　　除了。不包括下文所說範圍之內的內容，表示將這些內容排除在外。例除開努力，成功別無他法。

第六種　範圍連詞，6-3 無條件的連詞

就是無條件的副詞（或形容詞）的引申用法。

無論、不論、不管

例 *不管*有沒有遊客，動物們都不在乎。

例 *不管*刮風或下雨，警察都在崗位上。

例 *無論*我們怎麼鼓勵他，他還是不參加比賽。

例 *無論*說話還是寫文章，最忌諱廢話連篇。

例 *不論*在是福是禍，他決心娶她為妻。

例 *不論*富貴或貧賤，法律之前人人平等。

例 *不管*你來不來，總要打個電話告知我。

（下頁繼續）

不管有沒有遊客，動物們都不在乎。
連詞

【無論】ㄨˊ　ㄌㄨㄣˋ：不論、不管。例無論結果好壞與否，我都可以接受。

【不論】ㄅㄨˋ　ㄌㄨㄣˋ（變）ㄅㄨˊ　ㄌㄨㄣˋ：
　　不管。例不論遇到什麼困難，不要輕易畏怯退縮。

【不管】ㄅㄨˋ　ㄍㄨㄢˇ：不論。例不管遇到什麼挫折，不要輕言放棄理想。

第六種 範圍連詞，6-3 無條件的連詞

就是無條件的副詞（或形容詞）的引申用法。

（接上頁） *任憑、憑*

例 *任憑*大雪覆蓋，松樹依然是綠色的。

例 *任憑*功課再忙，也要抽出時間鍛鍊身體。

例 *任憑*媒人說破了嘴，她就是不答應這門親事。

例 *憑*我一個人的力量，推不開這塊大石頭。

例 *憑*他的薪水，是買不起這種豪宅的。

任憑、憑 可通用於（七）讓步連詞，因為說話上的讓步，就是表示條件無效。

任憑大雪覆蓋，松樹依然常綠。
連詞

【任憑】ㄖㄣˋ ㄆㄧㄥˊ：

無論、儘管。例我的心意已決，任憑你如何說，都不能改變。

【憑】ㄆㄧㄥˊ：任、隨。例憑你說破了嘴，我還是不會相信你的。

【第七種　讓步連詞 】常用在主從複句的從句前，表示**容許**或是**推宕**的意思。

讓步連詞 7-1 **容許**的連詞

讓步連詞 7-2 **推宕ㄉㄤˋ**的連詞

第七種　讓步連詞，7-1 容許的連詞

著重在事實上的容許。

雖然、*雖*、

例 *雖然*他年近半百，依然精力充沛。

例 她自己*雖然*不富裕，幫助別人卻不吝嗇。

例 他*雖*身體欠佳，仍然堅持把工作完成。

例 *雖*遭受挫折，但他依舊充滿鬥志。

（下頁繼續）

【推宕】ㄊㄨㄟ　ㄉㄤˋ：藉故推延。也作「推延」。例 你別藉故推宕，趕快做。

【雖然】ㄙㄨㄟ　ㄖㄢˊ：

　　縱然、即使。例 雖然這件工作很辛苦，但對年輕人來說是一個很好的磨鍊。

【雖】ㄙㄨㄟ：

　　連詞，表示讓步關係，承認某種客觀事實，再引起轉折的下半句，相當於「雖然」。例 立意雖好，但辦法有欠周全。

第七種 讓步連詞，7-1 容許的連詞

著重在事實上的容許。

（接上頁）

儘管、固然、任憑、憑

例 *儘管*只有一朵花，她還是很開心。

例 *儘管*下雨，他還是準時抵達。

例 *儘管*對手來勢洶洶，他還是戰勝了。

例 *固然*經驗很重要，也不能一味依循前例，不知變通。

例 這種治療法*固然*穩當些，但時間上會比較久。

例 *任憑*媽媽怎麼恐嚇他，他還是賭性不改。

例 *任憑*我怎麼吃，都吃不胖。

例 *憑*你的成績，可以選任一所學校就讀。

例 *憑*你的實力，可以考慮進選手隊。

儘管只有一朵花，她還是很開心。
連詞

【儘管】ㄐㄧㄣˇ ㄍㄨㄢˇ：
即使、雖然。例 儘管你不參加比賽，你還是要出席。

【固然】ㄍㄨˋ ㄖㄢˊ：
雖然。表示確認某一事實，轉入下文。例 藥固然可以治病，但是服用過量也會產生反效果。

第七種 讓步連詞，7-2 推宕ㄉㄤˋ的連詞

著重在心理上的推宕ㄉㄤˋ。

　　說話者承認並容許**從句**中的事實或理由，像表示說話時的一種讓步，所以這種**從句**叫做讓步句。**從句**很常放在前面，不過也可以放後面。

縱使、即使、

例 *縱使*你送了許多禮物，他還是不肯改變態度。

例 *縱使*你失去了財產，還是可以再賺回來。

例 *即使*明天下雨，我還是要出門。

例 除夕的時候*即使*我們身處國外，還是會吃年夜飯。

例 *即使*本來有興趣，誤解之後還是會睡著。

（下頁繼續）

即使本來有興趣，誤解後還是會睡著。
連詞

【縱使】ㄗㄨㄥˋ　ㄕˇ：即使。例 她的心意已決，縱使大家都反對，　也要去做。

【即使】ㄐㄧˊ　ㄕˇ：縱使、就算是。例 如果不能活用，即使學再多也沒有用。

第七種 讓步連詞，7-2 推宕ㄉㄤˋ的連詞

著重在心理上的推宕ㄉㄤˋ。

（接上頁）*就是*、*哪怕*

例 他看到飛碟降落，***就是***沒人相信他。

例 她做菜很好吃，***就是***味道有點鹹。

例 她各方面都很好，***就是***有點愛表現。

例 ***哪怕***是一件不起眼的小事，她也十分重視。

例 ***哪怕***大家都不認同你，我還是支持你。

他看到飛碟降落，**就是**沒人相信他。
連詞

【就是】ㄐㄧㄡˋ ㄕˋ：
連詞。表示轉折，猶言不過、只是。例 這孩子真不錯，就是內向了一點。

【哪怕】ㄋㄚˇ ㄆㄚˋ：
即使、就算。同「那怕」。例 既然選擇了這條路，哪怕再困難都得堅持走下去。

【第八種　假設連詞 】用來連接兩個或兩個以上表示虛擬、推想或假設的詞、語或句。

若、若是、如果、假如、假使、倘若、要是

例 *若*你的健康出問題，賺再多錢也枉費。

例 *若是*用普通顏料，你就要塗兩層。

例 *如果*要列印，就按列印鍵。

例 *假如*你喜歡這個蛋糕，也可以網路訂購。

例 *假使*你不喜歡他，也不要嘲諷他。

例 *倘若*都沒有人認領，這東西只好充公。

例 *要是*你把水晶杯打破了，你就慘了。

【若】ㄖㄨㄛˋ：連詞。如果、假如，表示假設。例若要人不知，除非己莫為。

【如果】ㄖㄨˊ　ㄍㄨㄛˇ：
表示假設關係。相當於「假使」、「倘若」。例如果人人都遵守交通規則，就可以大大減少車禍的發生。

【假如】ㄐㄧㄚˇ　ㄖㄨˊ：如果。例假如行程有改變，請及早通知我。

【假使】ㄐㄧㄚˇ　ㄕˇ：
如果。例假使你能接受我的忠告，今日也不會淪落到如此地步。

【倘若】ㄊㄤˇ　ㄖㄨㄛˋ：
表示假設語氣的連接詞，相當於「如果」、「假使」。例倘若這件事不是你做的，為什麼見了我就跑？

【要是】ㄧㄠˋ　ㄕˋ：若是、如果是。例要是他來了，怎麼辦？

【第九種　比較連詞 】

連接兩個或兩個以上情態相似或相反的詞、語或句，用來比較彼此的相異或相同，或長短的。

比較連詞 9-1 **平比的**連詞

比較連詞 9-2 **差比的**連詞

比較連詞 9-3 **審決的**連詞

第九種　比較連詞，9-1 平比的連詞

大部分是**介所比**的介詞或**同動詞**的引申用法。

像、好像、似乎

例 桃花在風中搖擺*像*蝴蝶翩翩起舞。

例 他忙進忙出*像*陀螺轉呀轉。

例 他見到他爸爸，*好像*老鼠遇到貓。

例 母親喋喋不休講話，*好像*機關槍進入開啟模式。

例 他寵愛女兒，*似乎*傾家蕩產也不在乎。

例 這一槍*似乎*打中他的要害。

（下頁繼續）

【像】ㄒㄧㄤˋ：如同、相似。例我還是像往常一樣，搭火車上學。

【好像】ㄏㄠˇ　ㄒㄧㄤˋ：似乎。例天色變暗，好像要下雨了。

【似乎】ㄙˋ　ㄏㄨ：
好像。例義大利人愛好音樂，似乎每個人都是天生的音樂迷。

第九種 比較連詞，9-1 平比的連詞

大部分是**介所比**的介詞或**同動詞**的引申用法。

（接上頁）*如同*、*好比*、*等於*

例 走進歷史博物館就*如同*走進時光隧道置身過去一般。

例 他想找回丟掉的錢*如同*大海撈針。

例 養育子女*好比*駕船航行在大海上，方向上充滿了無盡的可能性。

例 兒童*好比*園中的花朵，老師*好比*辛勤的園丁。

例 珍惜時間*等於*延長了自己的生命。

例 國家不發展經濟，*等於*自取滅亡。

例 牛在農業社會*等於*是生財工具。

牛在農業社會等於是生財器具。

連詞

【如同】ㄖㄨˊ ㄊㄨㄥˊ：猶如、好像。例 廣場上燈火輝煌，如同白晝。

【好比】ㄏㄠˇ ㄅㄧˇ：
表示跟以下所說的一樣：如同、好像。例 寫文章好比蓋房子，得先有架構，才能開始寫。

第九種 比較連詞，9-2 差比的連詞

比較優勝的一面，常是主句，因為它是語氣所注重的。若是語氣輕重相等，可看作是對立句。

強於、勝於、賽過　表示贏過所比較的

例 偉大的人，運用精神力量*強於*仰賴物質力量。

例 這款手機本季的銷售量*強於*其它廠牌同等級的手機。

例 我愛鬱金香*勝於*我愛其他所有的花。

例 事實*勝於*雄辯，還是讓事實來說話吧。

例 在沙漠中，一壺清水*賽過*瓊漿玉液。（瓊漿玉液是指美酒）

例 當我遭遇挫折時，他適時的一句問候*賽過*千言萬語。

不如、不及、次於　表示不及所比較的

例 你與其待在家裡還*不如*出去散步。

例 論口才，他*不如*我；論寫作，我*不如*他。

例 有一張美麗的面容*不及*有一副極具魅力的笑容。

例 他說：「我愛著大海*次於*我愛你。」

【不如】ㄅㄨˋ ㄖㄨˊ：

連詞。用在後一分句的開頭，表示比較之後作出選擇。例與其仰人鼻息，不如自食其力。

【不及】ㄅㄨˋ ㄐㄧˊ：比不上。例由於電腦能大量記憶儲存，讓人不免慨嘆人腦不及電腦。

【次於】ㄘˋ ㄩˊ：

排列在某者之後；也指前者不如後者。例這款計算機的功能次於那一款。

第九種 比較連詞，9-3 審決的連詞

根據差比的兩端，從主觀的意見加入一番審查與決斷。
主從各有一個連詞，互相呼應。

與其……*寧可（不如）*……

若……*則*……

雖……*但*……

雖然……*可是*……

例 *與其*花一整天來打掃全部，我*寧可*每天打掃一小區域。

例 *與其*在家裡睡覺，我*寧可*出去走走。

例 *與其*在這裡胡思亂想，*不如*當面去證實。

例 *雖然*奶奶離開多年了，*但*她慈祥的面孔仍常浮現在眼前。

例 *雖然*猴子是比較聰明的，*但*還比不上大象、海豚聰明。

例 *雖然*現在的生活富裕了，*可是*媽媽還是過得很節儉。

例 登山*雖然*很累，*可是*大家心情很愉快。

【與其】ㄩˇ　ㄑㄧˊ：

比較連詞，表示審決取捨的意思，後面常用不如、寧可等詞。例與其在這裡哀聲嘆氣，不如放手一搏。

【寧可】ㄋㄧㄥˊ　ㄎㄜˇ：

寧願。表示在不很滿意的情況下，衡量得失後，所做的選擇。例我寧可犧牲生命，也不願投降敵人。

【但】ㄉㄢˋ：

連詞。連接兩個分句（用在後一個分句），表示轉折關係，相當於「可是」、「不過」。例他很聰明，但不夠細心」。

【第十種 時間連詞 】 用來連接兩個或兩個以上表示時間關係的詞、語或句。

時間連詞 10-1 表**前時的**連詞

時間連詞 10-2 表**同時的**連詞

時間連詞 10-3 表**後時的**連詞

第十種 時間連詞，10-1 表前時的連詞

主句所表達的情況，發生在之前。

以前、*之前*（用在**從句**的最後）

從前、*昔日*

主句常帶副詞：*已經*、*早已*（表過去），*還是*（表不變的時間）

例 他沒有成功*以前*，*已經*是非常勤勞的人。

例 她結婚*之前*，就*已經*是一家公司的老闆了。

例 他*從前*做了不少壞事，現在*已經*改邪歸正了。

例 張君出國*以前*不會做菜，現在*還是*不會做菜。

例 他*昔日*不可一世，今日卻走投無路。

【之前】ㄓ　ㄑㄧㄢˊ：

　　在某個時間或處所的前面。例 交卷之前別忘了再檢查一下答案。

【昔日】ㄒㄧˊ　ㄖˋ：往日；從前；過去的日子。例 他昔日在校時是風雲人物。

第十種 時間連詞，10-2 表同時的連詞

主句所描述的情況與**從句**同時發生。

一部分從**介所在**的介詞引申：*當、恰好、等到、趁*（從句）

主句常帶相應的副詞或承接連詞：*就、便、自然、才*

例 *當*上課鐘聲響起，他*就*坐在自己的座位上了。

例 *當*下次見面的時候，樹上的果實*就*可以採收了。

例 老師正要找你，*恰好*你來了。

例 我回到家，*恰好*趕上晚餐時間。

例 *等到*錢都沒了，他*才*發現整件事情是一個騙局。

例 *等到*太陽下山，他*自然*會回家。

例 不肖廠商*趁*衛生紙缺貨，*就*抬高價錢，謀取暴利。

【恰好】ㄑㄧㄚˋ　ㄏㄠˇ：剛好、正好。例他來的路上恰好遇上大塞車。

【等到】ㄉㄥˇ　ㄉㄠˋ：
引進表示時間條件的詞語。例等到凱旋之日，我們再慶祝勝利。

【趁】ㄔㄣˋ：
引進可利用的條件或機會，相當於「藉著」、「利用」。例 趁落潮的時候，到海灘撿貝殼。

【自然】ㄗˋ　ㄖㄢˊ：
連詞。表示語意轉折或補充說明。例 只要認真學習，自然會舉得好成績。

第十種 時間連詞，10-3 表後時的連詞

主句所表達的情況，發生在之後。

一部分從**介所從**的介詞引申：*自從*、*自*（用在從句）

以後、*之後*（用在從句的最後）

主句常帶相應的副詞或承接連詞：*就*、*便*、*自然*、*才*

例 *自從*大家一起練歌，*就*建立了深厚的友誼。

例 *自從*他得了這個病，身體*就*漸漸衰弱起來。

例 *自從*他沉迷於酒色*之後*，他的工作績效*就*一落千丈。

例 她離婚*以後*，*就*開始自怨自艾。

例 姐姐上高中*以後*，*便*開始迷上看電影。

例 *自*他登上富人排行榜*之後*，*自然*很多人想拜見他。

例 *自*父母離婚後，他*才*變得沉默寡言。

自從 一起練歌後，我們的感情就很好。

連詞

【以後】一ˇ ㄏㄡˋ：

在特定的某時間或事件之後。例自從那次車禍以後，他再也不敢開快車了。

【之後】ㄓ ㄏㄡˋ：在某個時間的後面。例畢業之後，我再也沒有他的消息。

【連詞】第四種、連接「段和段」「段和句」

段和段之間，常用連詞連接。段和句之間，也使用連詞連接。

以下列出一些段和段之間常用的連詞、語：

因此、所以、總之（下頁繼續）

例 油菜花是一種平淡無奇的花，沒有菊花的多姿多彩，沒有
牡丹的國色天香，沒有水仙花的冰清玉潔，沒有茉莉花的
芳香，*因此*，沒人讚美它，但是我卻十分喜歡它。

例 時間像一個精靈，你聽不到他，看不到他，摸不到他，而
他能從你身邊溜走、逃過。時間像流水一樣無情，像開弓
沒有回頭箭那樣不留任何餘地，*所以*我們要分秒必爭，讓
它不變成回憶，不成為遺憾。

例 困難若是一隻老虎，我們就應該是武松；困難若是天上的
十個太陽，我們就應該是后羿；困難若是一條毒蛇，我們
就應該是老鷹；*總之*困難好比是我們的天敵，想要活命就
要戰勝困難。

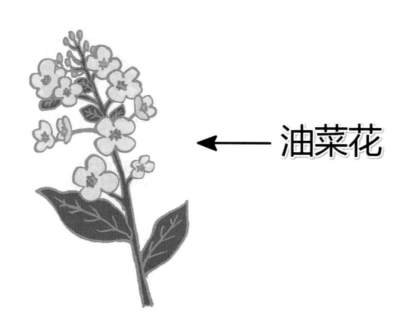

← 油菜花

（接上頁）

簡言之、總而言之、為什麼呢、換句話說

例 人從「生」到「死」這段生活的過程就是人生；*簡言之*：人生就是人的生活，和生存的情況，到生命的終結，在這段有限的人生中去實現你偉大的理想、生命的意義與人生的價值。

例 *總而言之*，墾丁白沙灣是個很美的地方，我下次還要來。

例 士可殺，不可辱。中國自古以來就把尊嚴看得比生命更重要，*為什麼呢*？因為尊嚴是一個人的人格，也是國家民族的靈魂；尊嚴是無形的，更是無價的。

例 只要真正對人感興趣，兩個月內，你就會交到很多朋友，絕對比你兩年內想要吸引別人注意所交到的朋友更多。*換句話說*，交朋友的另一個方法是自己先成為別人的朋友。

【連詞】的變位

連詞，可以放置在主語後，這樣的用法就是變位。

例 我 如果 不去，他就要來這裡。
　　主語　連詞　述語

說明→連詞「如果」放在主語「我」後，是變位。

例 如果 我 不去，他就要來這裡。
　　連詞　主語　述語

說明→連詞「如果」放在主語「我」前，是正位。

例 我 因為 感冒了， 所以 我 在家休息。
　　主語　連詞　述語　　　連詞　主語　　述語

說明→連詞「因為」放在主語「我」後，是變位。
　　→連詞「所以」放在主語「我」前，是正位。

【國語的基本句式】在中冊，我們有介紹了七種基本句型。

先來複習一下：

第一種、主語+內動詞。

有主語，有述語，這個句子就完成了。

例 爸爸睡了。

例 國旗飄揚。

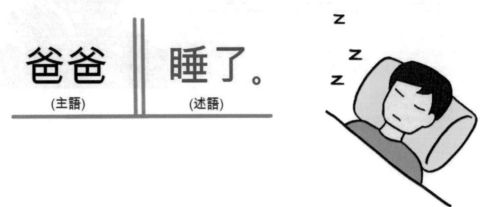

爸爸 （主語） ‖ 睡了。（述語）

國旗 （主語） ‖ 飄揚。（述語）

【基本句式】第二種、主語+外動詞+賓語。

除了主語和述語，述語後面還需要一個賓語，句子才算完成。

例 農夫割草。

例 學生買書。

【基本句式】第三種、主語+同動詞+補足語。

　　述語是同動詞，後面帶一個補足語，用來說明主語是什麼東西，怎樣的狀況，屬於什麼種類，或是它自身包含什麼成分。

例 姊姊是老師。

例 植物含有水分。

姊姊（主語）　是（述語）　老師。（補足語）

植物（主語）　含有（述語）　水分。（補足語）

【基本句式】第四種、主語+內動詞+補足語。

有一種內動詞，使主語自身起了一種「變化」，變成別的事物。這種內動詞**需要補足語來表示「它所變成的事物」**，整句話的意思才得以完整。

例 美美成了歌手。

例 女兒變成媽媽。

美美（主語）｜成了（述語）＼歌手。（補足語）

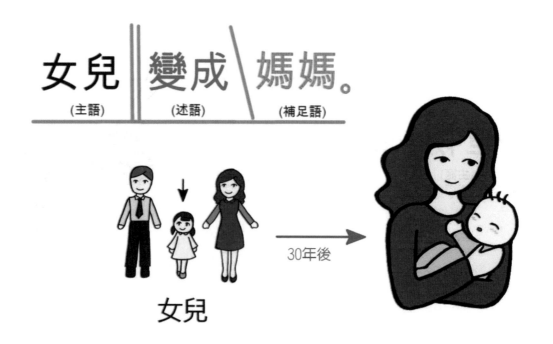

女兒（主語）｜變成（述語）＼媽媽。（補足語）

30年後

女兒

【基本句式】第五種、主語+外動詞+賓補語（動詞）。

　　外動詞中有一種具有「使令」、「請託」或「勸告」等意思（反面「禁止」、「拒絕」等也是屬於這種句型），賓語受到主語所使令、所請託而產生「相對應的動作」，這個「相對應的動作」，在句子裡就是「補足語」。這種句子要有主語、賓語、賓補語，若是缺了其中一種，整句話的意思便不完全。

　　例 學生請我演講。

　　例 我的動作引起孩子笑。

【基本句式】第六種、主語＋外動詞＋賓補語（名詞）。

有一種外動詞有「稱謂」、「認定」或「更改」等等的意思。賓語要承受一個**新名稱**或**新關係**，是賓補語。賓補語和賓語之間常多個「為」或「作」。

例 媽媽稱我為寶貝。

例 他們選我作社長。

【基本句式】第七種、主語+外動詞+實補語（形容詞）。

有一種表示情意作用的外動詞，如「愛」、「恨」、「希望」、「贊成」、「佩服」、「誇獎」或「批評」等等，賓語後面還需要有更多的補充說明來補足賓語的意思，這些形容詞就像是「對賓語的一種評論」。

例 醫生誇我勇敢。

例 他批評我愚笨。

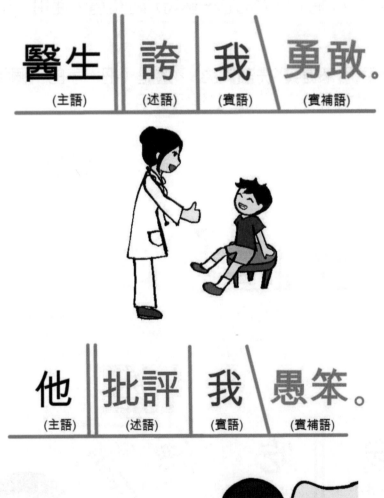

醫生　誇　我　勇敢。
（主語）（述語）（賓語）（賓補語）

他　批評　我　愚笨。
（主語）（述語）（賓語）（賓補語）

【更多的中文基本句型】第八種到第十一種的基本句型，
請看第八單元的 114 到 129 頁。

第十二種、賓語提前

　　賓語（連同它的形容副詞附加語），都可以提到外動詞的前面去。
這種賓語被提前的情況，要用一個提賓介詞「把」字。

　　例 我把功課寫了。（原意：我寫了功課。功課是賓語）

　　例 我把一碗冰吃完了。（原意：我吃完了一碗冰。一碗冰是賓語）

　　在圖解時，「把」字要給它一個特別的位置，使用　　線將賓語
提高一層。

　　「把」字用來提賓（提前賓語），這是「把」字的一個特別作用，
這種句法是國語所特有，而且很常這樣用。

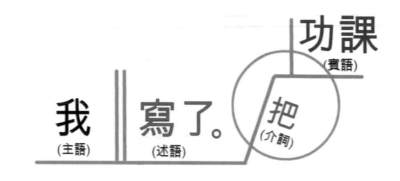

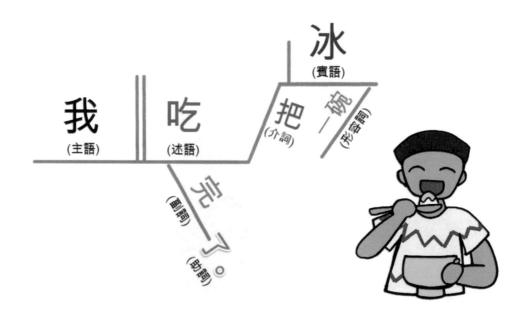

除了「把」字，還有「將」、「連」兩字可以提賓。「把」、「將」、「連」字也常跟副詞「也」、「都」字一起用。有的句子甚至也可以不用介詞。

例 我把一本書送張同學。（一本書是賓語）

例 我們將親密的人稱為寶貝。（親密的人是賓語）

例 他連我的話都不聽。（我的話是賓語）

例 我一句話也聽不懂。（一句話是賓語）

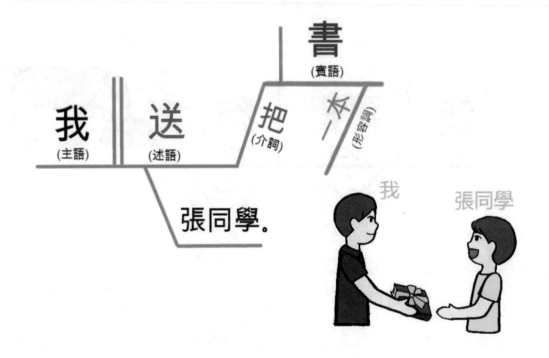

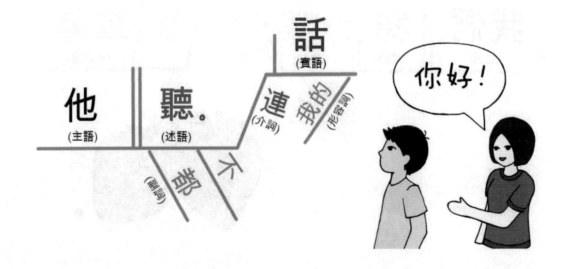

第十二種、賓語提前

把賓語提到句首，放在句子開頭的位置，賓語後要加逗點。

例 這種狗，我很喜歡。（意思是：我很喜歡這種狗。）

例 這個字，我不認識。（意思是：我不認識這個字。）

例 這本書，我已經讀完了。（意思是：我已經讀完這本書了。）

例 這種水果，我們把它稱為草莓。

例 孔子，我們把他叫做至聖先師。

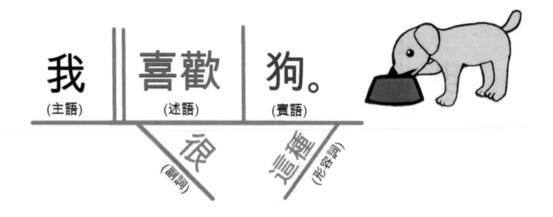

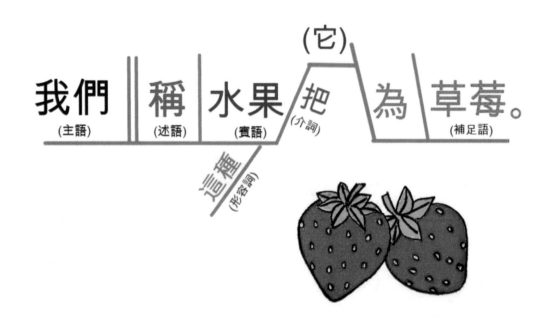

【基本句型】第十三種、賓語變主語

　　如果句子裡的動詞是「被動的意思」，例如「房子被蓋好了。」「房子」並不能執行「蓋」的動作，而是承受「蓋」的動作，不管述語有沒有加助動詞「被」字，這都是一種被動式的句子。

　　因為這種句子不是用來說明「執行」動詞行為的人或**物**，而是用來說明「承受」動詞行為的人或**物**。

　　原本應該是賓語的詞，現在被放到句首當句子的主語。所以圖解的時候，動詞前面要畫一個括弧〔　〕，括弧內填上**表被動**的助動詞；若沒有**表被動**的助動詞，就畫一個空括弧表示這裡應該有一個助動詞。

例 他們家**被**搶了。（家是主語。）

例 李白**被**稱為詩仙。（李白是主語）

例 那幅畫還掛在牆上。（那幅畫是主語）

例 那本書已經送給他了。（那本書是主語）

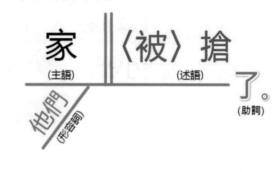

【特別說明】：如何區分「被」字是「助動詞」或「介詞」

如果句子中把「執行」動詞行為的人或物說出來，那麼「執行」動作的實體詞就變成了動詞的「副詞附加語」。

例如「那幅畫被爸爸掛起來了。」主語「那幅畫」，述語「掛」，「被」字不是助動詞而是介詞，因為把「爸爸」這個執行動作的人介紹出來了。

例 那幅畫被**爸爸**掛起來了。（「被」是介詞。）

例 他被**同學**選為班長。（「被」是介詞。）

例 小偷讓**警察**抓住了。（「讓」是介詞。）

例 地板被**小孩**玩髒了。（「被」是介詞。）

【基本句式】第十四種、主語放後面

主語的位置通常都在述語前面，但有時也倒置在述語後面。

例 起風了。下雨了。響雷了。（風、雨、雷是主語）

例 勇敢極了，這位同學！（同學是主語）

例 來了嗎？他。（他是主語）

關於天氣的變化，習慣上都是主語放在後面。但驚嘆句，或是急問時的疑問句，也會把主語放在後面。

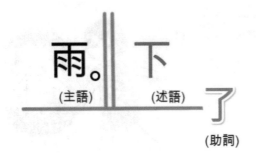

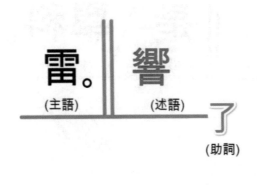

【基本句式】第十五種、並列的詞

　　一個句子的主語、賓語、補足語、附加語等都可能是由兩個或更多並列的詞組成的。這些並列的詞也許由一個連詞連結起來，也許沒有連詞連結。

並列主語：

例我和你都是學生。（我、你是主語）

例國文、英文、數學是主要的學科。（國文、英文、數學是主語）

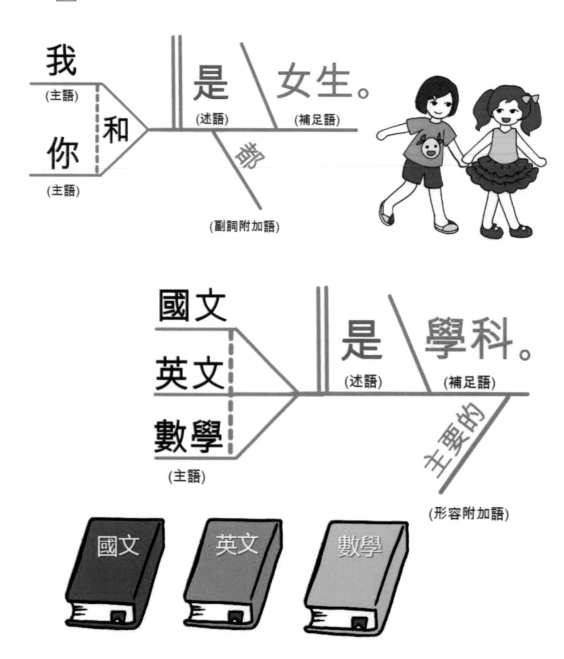

（接上頁）

並列賓語：

例 我討厭蒼蠅、蚊子。（蒼蠅、蚊子是賓語）

例 我帶了水彩和畫板。（水彩、畫板是賓語）

【基本句式】第十五種、並列的詞

並列補足語：

例 水變成氫氣和氧氣。（氫氣、氧氣是補足語）

例 她是歌手兼樂隊召集人。（歌手、樂隊召集人是補足語）

例 他稱讚你聰明且勇敢。（聰明、勇敢是賓補語）

例 她埋怨其他人小氣又勢利。（小氣、勢利是賓補語）

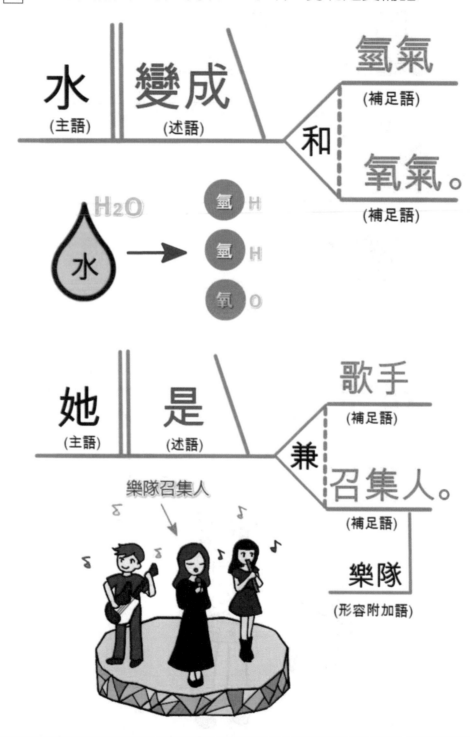

（接上頁）

並列形容附加語：

例 他是又高又胖的孩子。（又高又胖是形容附加語）

例 手和腳的皮膚顏色不一樣。（手、腳是形容附加語）

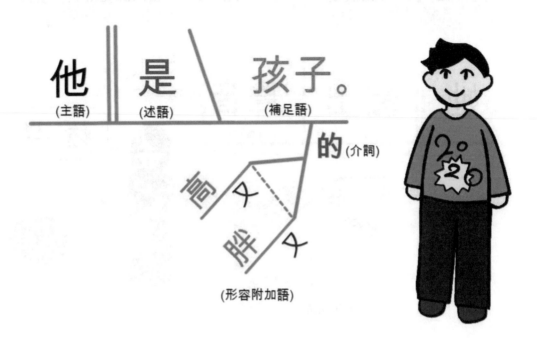

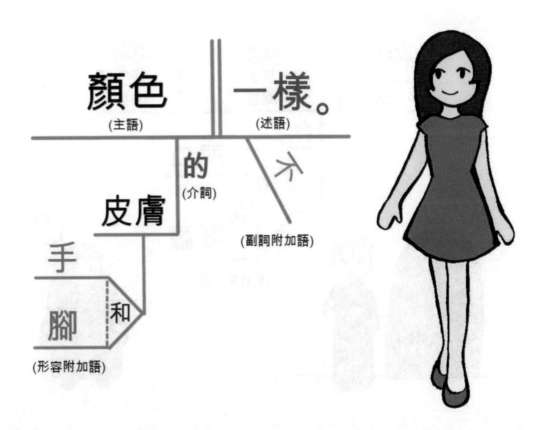

【基本句式】第十五種、並列的詞

並列副詞附加語：

例 她清楚而且緩慢地發出聲音。（清楚而且緩慢地是副詞附加語）

例 你在門口或在客廳等我吧。（在門口、在客廳是副詞附加語）

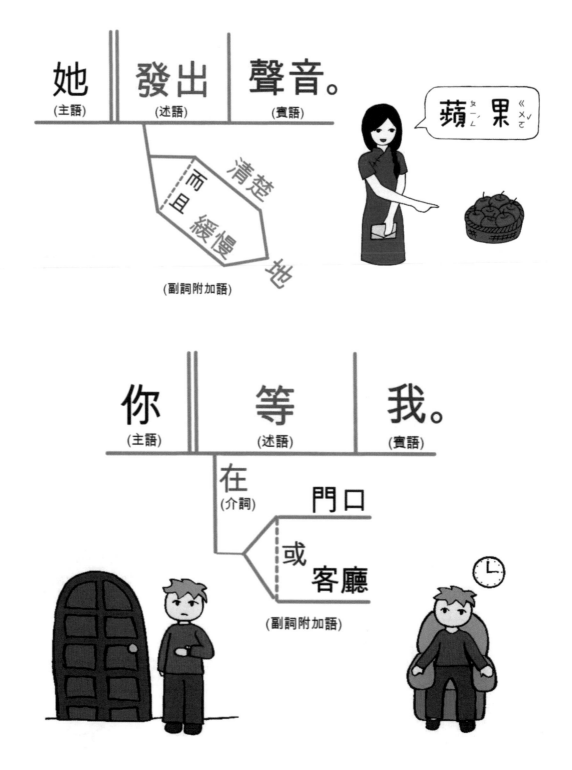

【基本句式】第十六種、並列述語

　　一個句子也可能有兩個或更多並列動作作述語，這些並列動詞可能還帶有賓語、補足語、附加語。

例 他一面讀書，一面聽音樂。（一面是平列連詞）

例 這不是貓，就是老虎。（不、就是以副詞兼作選擇連詞）

例 他站起來，就走了。（就是承接連詞）

例 他很聰明，可是不用功。（可是是轉折連詞）

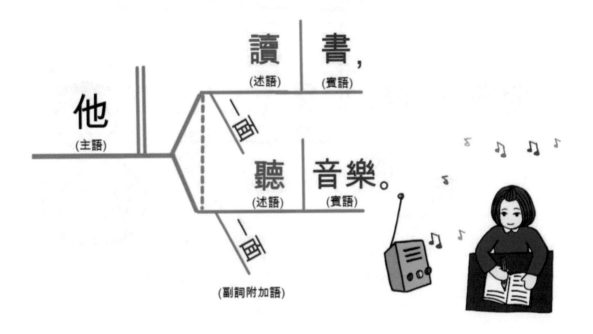

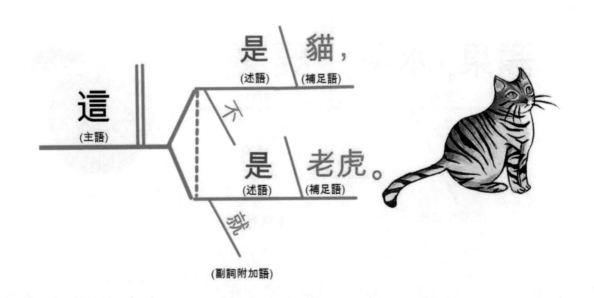

【基本句式】第十七種、同位的詞

　　兩個詞所指的是同一個人或是同一種東西，這兩個詞就叫做「同位詞」。句子的主語、賓語、補足語、附加語等，都可以由兩個或更多的同位詞所組成。

例 我的朋友小傑，是一個愛笑的人。（朋友、小傑是同位詞）

例 蘋果，這種水果要多吃。（蘋果、水果是同位詞）

例 大家都喜歡我們的老師安妮。（老師、安妮是同位詞）

例 我住在美麗的寶島台灣。（寶島、台灣是同位詞）

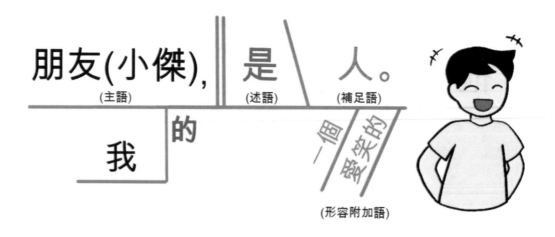

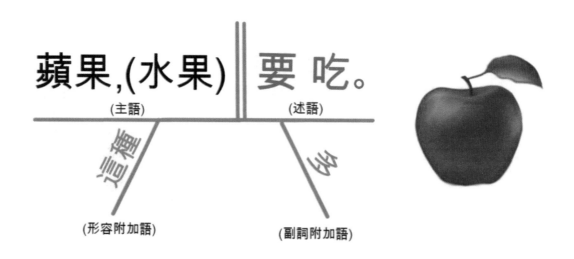

【基本句式】第十八種、含有動詞短語的句子

　　動詞，如果不在句子裡作述語，而是結合其他的詞變成短語後，作為句子的其他成分，稱為「不定詞短語」（黎錦熙稱之為「散動詞短語」）。也就是說，短語中含有動詞，卻不作主要句子中的述語，而是成為句子中的一個部分。

　　如果它作一個句子裡的主語、賓語，或補足語，就叫做「名詞性短語」，簡稱**名詞語**。

　例打人是粗暴的行為。（打人是名詞語，當主語）

　例種花是一件快樂的事。（種花是名詞語，當主語）

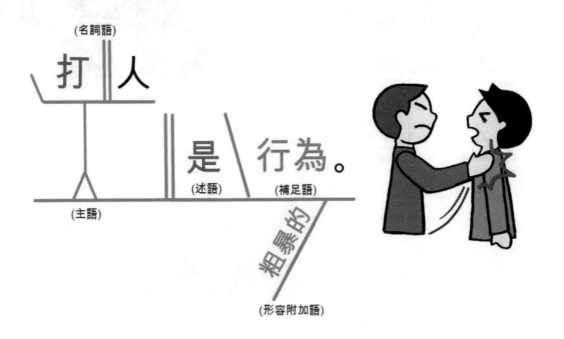

【圖解說明】

　　名詞語，不論放在何處，都畫成這樣→
因為沒有主語，所以「打」字前面要用一
個斜線堵住（若有主語，就成了**名詞句**。）

【基本句式】第十八種、含有動詞短語的句子

例 我們應該提倡知恥。（知恥是名詞語，當賓語）

例 很多人在現場看救火。（救火是名詞語，當賓語）

例 軍人的本色是不怕死。（不怕死是名詞語，當補足語）

例 太繁瑣的規定，實在是累人。（累人是名詞語，當補足語）

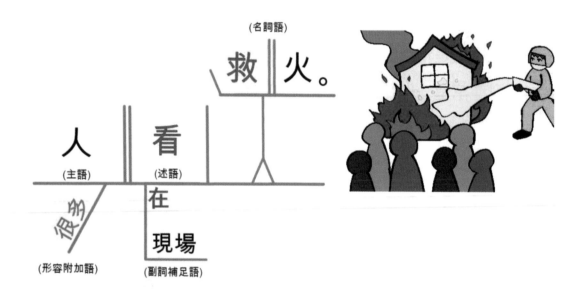

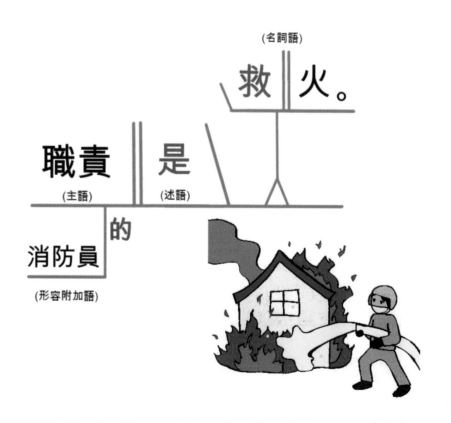

（接上頁）

　　不定詞短語，也可以作一個名詞的「形容附加語」；稱為「形容性短語」，簡稱**形容語**。

　　例 他是一個不愛錢的人。（不愛錢是形容語）

　　例 能創新的人是有才華的人。（能創新是形容語）

他是一個 **不愛錢** 的人。
形容語

形容語所形容的**名詞**，常常省略。

　　例 不愛錢的**官**是清官。→不愛錢（　）的是清官。

　　例 能創新的人是有才華的人。→能創新（　）的是有才華的人。

獨家特製配方，烤雞第一美味

能創新 的人是有才華的人。
形容語

【基本句式】第十八種、含有動詞短語的句子

「的」字的這種用法，一方面把形容語聯繫到被形容的名詞上，同時又替代了這個名詞，所以叫做「聯接代名詞」。

例 賣水果的來了。

例 牛是吃草的。

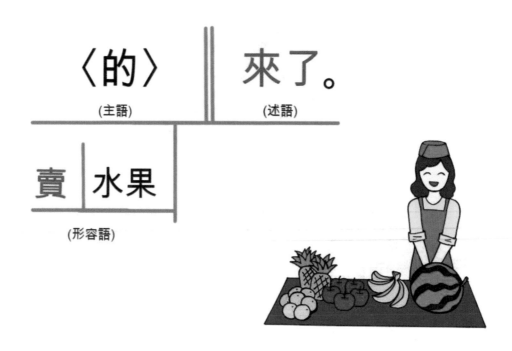

【圖解說明】
連結形容語的直線，下端要冒出一些，有別於形容附加語的左折。

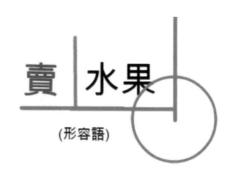

（接上頁）

　　不定詞短語，作為一個動詞（或形容詞、副詞）的「副詞附加語」，稱為「副詞性短語」，簡稱**副詞語**。

例 他坐在桌子上讀書。（坐在桌子上是副詞語）

例 他戴著眼鏡睡覺。（帶著眼鏡是副詞語）

例 她笑嘻嘻地說話。（笑嘻嘻地是副詞語）

例 你拿著一袋雞蛋要去哪裡？（拿著一袋雞蛋是副詞語）

例 我提著一盒點心去拜訪朋友。（提著一盒點心是副詞語）

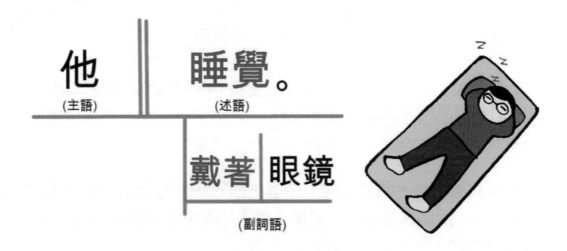

【圖解說明】
連結副詞語的直線，下端要冒出一些，有別於副詞附加語的右折。

【文言文和白話文】

現代人把文章分為「白話文」和「文言文」兩種。

	解釋
文	第一個「文」，是書面文章的意思。
言	寫、表述、記載等意思。 「文言」，即書面語。 「口頭語言」叫做「白話」。
文	最後一個「文」，是作品、文章等的意思。

文言文就是「用書面語寫成的文章」。而**白話文**就是「用直白、日常用的口頭語所寫成的文章」。我國古代的文章都是用書面語寫成的。所以我們現在都稱古文為「文言文」。

在我國古代，要表述同一件事，口頭語及書面語的敘述方式是不同的。例如你想問某人吃飯了嗎？口頭語是「吃飯了嗎？」，書面語就是「飯否？」。「飯否？」就是文言文。

文章為什麼會分成白話文和文言文兩種呢？

一來是因為書寫工具，漢朝以前沒有紙，文章都寫在竹子、木板、布帛上，價錢比較貴，寫起來也比較慢，所以寫文章的人會儘量寫簡短一點，自然口語有點不同。

二來是歷史的累積，自漢朝以來讀書人對僅存的典籍非常珍惜，並且努力研讀。寫文章時當然就會模仿這些典籍的口氣，即使民間的口語不斷演變。到最後書面語和口語的差別也越來越大，後代就把**文言文**和**白話文**看成是兩種差別很大的文體了。

【否】ㄈㄡˇ：助詞。表示詢問的語氣。**例**可否、是否、知否

【成語、諺語、俗語】

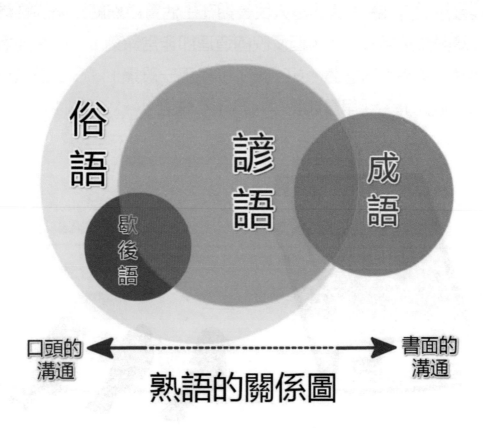

熟語的關係圖

　　成語是經過長期使用所形成的固定短語。以四個字的格式為主。它可以來自經典書籍，也可以來自民間口語。

　　例如：形容境遇困難，可以用「山窮水盡」，這是出自官場現形記這本小說。而形容隨機應變，可以用「山不轉路轉」，這是來自民間口語。

【熟語】ㄕㄨˊ　ㄩˇ：
　　經過人群長期沿用，已經固定這樣使用的一種用語或文句。**熟語**包括成語、慣用語、歇後語及諺語。

【成語】ㄔㄥˊ　ㄩˇ：
　　語言中簡短有力的固定詞組。以四言為主。一般而言都有出處來源與引申的比喻義，而非單純使用字面上的意思。在文章的精要處加用成語，可使內容更有說服力。

　　在民間流傳，使用簡單通俗的話來反映出深刻的道理的是諺語。諺語是人民長期在生活實踐總結出來的經驗和教訓。諺語雖然簡單通俗，但反映的道理卻非常深刻，一般都能顯示客觀事理，富有教育意義。如「天下的烏鴉一般黑」、「三百六十行，行行出狀元」、「早晨起得早，八十不覺老」。

天下烏鴉一般黑

【歇後語】ㄒㄧㄝ　ㄏㄡˋ　ㄩˇ：
　　就是「歇」去「後」半段之「語」。把真正想表達的意思不直接說，只說出前半段，然後再讓聽者去揣測其真正的意思。在結構上是「比喻——說明」式的俏皮話。使用的人往往只說出比喻部分，後面的解釋部分則讓對方自己領悟。如：啞巴吃黃蓮——有苦說不出。

【官場現形記】：
　　作者李寶嘉。本書著重揭露官僚的「齷齪卑鄙」，故事內容深合民心。是當時以揭露黑暗社會為旨的「譴責小說」中流行最廣的一部。

【天下的烏鴉一般黑】：
　　比喻各地的壞人壞事都差不多，到處都是一樣黑暗的。就如天下的烏鴉一樣，都是黑色的。

【三百六十行，行行出狀元】：
　　比喻不論從事何種行業，只要能夠努力不懈，都能夠有所成就。

民間廣泛流行，語氣通俗並已經定型的語句稱為俗語。

它比一般的口語還要簡明，也反映出人民的生活經驗和願望。如「冰凍三尺，非一日之寒」、「不聽老人言，吃虧在眼前」、「伸手不打笑臉人」。有些也押韻，如「三個臭皮匠，勝過一個諸葛亮」。

成語、諺語、俗語三者並沒有很嚴格的區別，大致來說，成語比較精練、典雅而有出處，俗語比較俚俗，諺語只是俗語的一部分。

【冰凍三尺，非一日之寒】：
　　結冰有三尺厚，不是冷一天就造成的。比喻某種情況的形成，需要經過長期的醞釀、積累、發展而成的。

【不聽老人言，吃虧在眼前】：
　　不聽從長者或有經驗者的意見，往往沒多久就會吃虧而後悔莫及。

【伸手不打笑臉人】：比喻不向和顏悅色的人發怒。

【典雅】ㄉㄧㄢˇ ㄧㄚˇ：高雅而不鄙俗。多用於文章。

【俚俗】ㄌㄧˇ ㄙㄨˊ：鄙俗、粗野。

【三個臭皮匠，勝過一個諸葛亮】：
　　三個才能平庸的人，若能同心協力共同想方法，也能提出比諸葛亮還周到的計策。出自下面這個故事：（下一頁繼續）

周瑜請諸葛亮在三天內監造十萬枝箭，想藉著這項「不可能的任務」順勢除掉諸葛亮。

諸葛亮帶著三個隨從到江邊察看，預料三天後將起大霧，想到了「草船借箭」的妙計，想要利用濃霧靠近曹操水寨「借」十萬枝箭。

諸葛亮叫人在二十艘小船兩邊插上草靶子，以布幔掩蓋。三個隨從對諸葛亮說：「若是以目前的擺設，可能會被看出破綻，曹軍恐怕不會上當！」

到了第二天晚上，三個隨從安排妥當後，請諸葛亮到江邊察看，只見每艘小船的船頭都立著兩三個稻草人，套上皮衣、皮帽，看起來就像真人一樣。諸葛亮看到這樣的設計，也不禁笑著說：「真是智者千慮，必有一失；一人難敵三人之智呀！」

曹軍果然中計，萬箭齊發射向小船，諸葛亮也就輕輕鬆鬆借到十萬多支箭，此即「孔明借箭」。由於那三個隨從是皮匠出身，也就出現「三個臭皮匠，勝過一個諸葛亮」的諺語！

恭喜你！

你已經完成中文基礎文法第九單元

太棒了！你已經學到了國語的九種詞類，以及十八種國語的基本句型。

你能清楚地表達你的想法，也能了解別人的溝通內容；你能聽懂別人的話，你能閱讀也能寫作，

相信你也感受到了：

● 更好的溝通能力。

● 更快速的學習能力。

● 更能集中精神，有專注力，也會比以前更有勝任能力。

● 良好的判斷力。並且對自己恢復自信。

這個世界有很多精彩的內容等著你去發現。

這是我對你的祝福：開始享受你的人生吧！

字彙表索引（下冊）P2

字彙表索引（下冊）P2

字彙表索引·（下冊）P3

字彙表索引（下冊）P4

字彙表索引（下冊）P5

字彙表索引（下冊）P6

字彙表索引（下冊）P7

文法用詞的中英文對照

字 Character

詞 Word

短語 Phrase

句子 Sentence

詞類 Parts of Speech

名詞 Noun

代名詞 Pronoun

人稱代名詞 Personal Pronouns

疑問代名詞 Interrogative Pronouns

指示代名詞 Demonstrative Pronouns

聯接代名詞 Relative Pronouns

動詞 Verb

內動詞 Intransitive Verbs

外動詞 Transitive Verbs

同動詞 Copula tive Verb 或 Linking Verb

不完全外動詞 Causative Verbs

助動詞 Auxiliary Verbs

形容詞 Adjective

指示形容詞 Demonstrative Adjective

疑問形容詞 Interogative Adjective

副詞 Adverb

介詞 Preposition

連詞 Conjunetion

歎詞 Interjection

文法用詞的中英文對照

主語 subject

述語（謂語）predicate

賓語 object

補足語（補語）Complement

附加語 modifier

形容附加語 adjective modifier

副詞附加語 adverbial modifier

單句 Simple sentence

平列複句 Compound sentence

子母複句 Complex sentence

句號 Period

逗號 Comma

分號 Semicolon

冒號 Colon

問號 Interrogation

驚嘆號 Exclamation

引號 Quotation marks

夾注號 Bracket

破折號 Hyphen

不定詞短語 Infinitive phrase

名詞性短語 Noun phrase

形容性短語 Adjective phrase

副詞性短語 Adverb phrase

參考資料來源：

新紀元出版社《文法與溝通》

新紀元出版社《學習如何學習》

臺灣商務印書館《國語文法》

弘揚圖書有限公司《中文文法》

正中書局《簡明國語文法》

（網路版）太平國小網站　范姜老師著的《淺談文法》

何永清先生著作的《國教新知》第 52 卷　第一期

五南圖書出版公司《小學生活用辭典》

東華書局《華文辭典》

商兆文化股份有限公司《小牛頓國語辭典》

世一文化事業股份有限公司《新編國語字典》

（網路版）國語推行委員會　《重訂標點符號手冊》修訂版

（網路版）教育部國語辭典簡編本

（網路版）兩岸萌典

（網路版）查查造句辭典

（網路版）Zaojv.com 造句網

史上最簡單易懂的國語文法書

中文基礎文法（下）

發 行 人　白永鑫
出 版 者　擎天生活新知股份有限公司
地　　址　台中市西區柳川西路二段 84 號 1 樓
電　　話　(04)2373-0050
統一編號　27426394

作　　者　黃筱媛
總 編 輯　黃筱媛
插　　圖　白曉莉
校　　定　黃筱媛
排版設計　黃一娉
印　　刷　映意設計印刷

購書專線　(04)2373-0050
匯款帳號　三信商銀 147 進化分行 10-200-57618
戶　　名　擎天生活新知股份有限公司
Line 搜尋　@skylife
電子信箱　skylife@hibox.hinet.net

出版日期　2020 年 3 月初版
定　　價　精裝本一套 2580 元，（上）（中）（下）冊不分售

國家圖書館出版品預行編目（CIP）資料

中文基礎文法：史上最簡單易懂的國語文法書／黃筱媛編

著 . -- 初版 . -- 臺中市：擎天生活新知 , 2020.03

　　冊；　公分

ISBN 978-986-98949-1-3(全套：精裝)

1. 漢語語法

802.6　　　　　　　　　　　　　　　　1090